Die Sommertage, an denen der erste Mann der Mutter im Segelflugzeug am Himmel über der Rhön kreiste, gehören in die Vorzeit. Er ist gefallen, die Erzählerin bleibt ohne Erinnerung an ihren Vater. Eine einsame Burg wird zur Zuflucht, nicht nur für die Mutter, die ihre Kinder mit Webarbeiten ernährt, sondern auch für entwurzelte Menschen aus der Umgebung. Die Härte des Lebens scheint die ungewöhnlich souveräne Frau, die auch den Tod zweier Kinder zu verkraften hatte, nicht zu verbittern. Sie versteht es, sich ihr Glück zu nehmen, wo es sich ankündigt. Liebhaber tauchen auf und gehen, wenn die Zeit um ist. Ein Student, eigentlich der Geliebte ihrer Freundin Claire. Ein amerikanischer Soldat, der mit den Befreiern gekommen ist; nach ein paar Monaten wird seine Einheit abgezogen – Abschied von einer Liebe, die ein unerfülltes Versprechen blieb, eines von vielen im Leben dieser Frau.

Wie in ihrer letzten Erzählung *Nach dem Gewitter* geht es Ulrike Edschmid um die Gelenkstellen, die Wendepunkte des Lebens. Aus großer Ferne blickt sie zurück auf jene Zwischenzeit, in der die vergangene Welt in Trümmern lag und eine andere als Verheißung am Horizont erschien. Die Freiheit der Mutter, ihre Liebhaber wieder fortzuschicken, war genauso ungewöhnlich wie die Leichtigkeit, mit der sie sich über die materielle Enge erhob. Trotz schmerzlicher Erfahrungen blieb sie dem Leben zugewandt. Als wäre Hannah Arendts Gedanke, immer wieder von vorn beginnen zu können, ihr heimliches Lebensprogramm gewesen.

Ulrike Edschmid

# Die Liebhaber meiner Mutter

Roman

Insel

Erste Auflage 2016

Satz: TypoForum GmbH, Seelbach
Printed in Germany
Umschlag: hißmann, heilmann, hamburg
ISBN 978-3-458-24083-9

# Die Liebhaber meiner Mutter

# I

Damals war er der Liebhaber von Claire gewesen. Ich weiß nicht, ob sie bereits mit der Absicht, ihren Liebhaber an meine Mutter weiterzugeben, an jenem Winterabend gekommen war. Ich habe vergessen, meine Mutter danach zu fragen, und jetzt ist es zu spät. Claire und ihr Liebhaber müssen in der hereinbrechenden Dämmerung von der einsamen Bahnstation ins Tal gegangen sein, die Umrisse des schwarzen Felsens vor Augen, welcher der Burg, in der wir lebten, den Namen gab. Wahrscheinlich lag Schnee und erhellte den Fichtenweg, der zu uns hinaufführte. Die Abkürzung über den Geisberg, wo sich die Häuser der ärmeren Bauern unter grauen Schindeln an den Felsen schmiegten, war steil und in der Dunkelheit schwer zu finden, wenn man sich nicht gut auskannte. Und Claire kannte sich nicht gut aus.

Claire war immer eine Fremde geblieben. Aus einer zerstörten Stadt war sie im letzten Kriegsjahr in das Dorf gekommen. Mit ihrem Mann, einem Bühnenbildner, der kaum sehen konnte und, wie ich mich erinnere, an Bilder immer ganz nah heranging, um sie zu ertasten, hatte sie Unterschlupf in einer Dachkammer des alten Herrenhauses am Fuß der Burg gefunden. Kurz nachdem der Krieg vorüber war, verließ Claire ihren Mann. Sie ist gegangen, sagte meine Mutter, weil er in einem einzigen, beiläufig hingeworfenen Satz seine Verachtung für das zum Ausdruck gebracht hatte, was sie täglich für das gemeinsame Überleben in der winzigen Dachkammer tat. Eines Morgens verschwand sie durch die kleine Pforte in der Mauer, die das Anwesen zum Dorf hin abschirmte. Fortan arbeitete sie als Ärztin in einem Krankenhaus. Zurückgekehrt ist sie nur noch einmal – an jenem Winterabend.

An Claires Ankunft kann ich mich nicht erinnern. Vermutlich war ich bereits eingeschlafen, als sie und ihr Liebhaber den Burghof erreichten. Wenn sie sich nicht mit einem Brief angekündigt hatte, wird sie sich, da die Tür zum Treppenturm bei Dunkelheit von innen verriegelt wurde und die alte Glocke eingerostet war, mit Steinchen am Fenster bemerkbar gemacht haben. Im Verlauf des Abends werden Gesprächsfetzen und Lachen durch den von einem schmalen Lichtstreifen erhellten Türspalt in das Zimmer gedrungen sein, wo mein Bruder und ich im Bett lagen. Irgendwann, erzählte meine Mutter, als der Teppich eingerollt worden war, habe sie ihr mit Pailletten und Perlen besticktes Mieder und den langen, weit schwingenden Rock angezogen, der am Saum beim Tanzen einen breiten gelben Streifen wie ein Feuerrad aufleuchten ließ. Dann führte der Liebhaber von Claire in der Jacke, die er als Rommels Panzerfahrer getragen hatte, zuerst die eine, dann die andere Frau über die dunkelrot gebohnerten Dielen. Und da, sagte meine Mutter, sei es geschehen, daß er unmerklich aus Claires Armen in ihre Arme hinüberglitt.

Der erste Zug ging morgens zwischen sechs und sieben. Claire verbrachte die wenigen verbliebenen Stunden der Nacht noch an der Seite des Mannes, mit dem sie gekommen war. Ihr Entschluß aber muß unverrückbar fest gestanden haben, denn sie wußte, daß ein einstündiger Weg in Eiseskälte vor ihr lag. Ohne ihn zu wecken, stand sie von der Couch im Wohnzimmer auf, drehte sachte den schweren Schlüssel im Schloß und ging in einem Bogen um das Dorf herum den Fichtenweg hinab. Im Tal überquerte sie den schmalen Fluß auf einer behelfsmäßigen Brücke, welche die alte, von abziehenden deutschen Truppen in letzter Minute gesprengte, leicht gewölbte Steinbrücke ersetzte.

Claire war leise fortgegangen, als alle schliefen. Für meine Mutter hinterließ sie eine kurze Mitteilung, daß sie zu ihrem Mann zurückkehren werde. Ihre Freundschaft, hatte sie in einem Postskriptum hinzugefügt, bleibe von ihrer Entscheidung unberührt. Meiner Mutter schien es, wie sie mir später erzählte, daß Claire auf einen solchen Augenblick der Klarheit gewartet hatte, um einen Gedanken, den sie schon länger in sich bewegte, in die Tat umzusetzen. Dennoch fiel ihre Entscheidung plötzlich und unerwartet, wenngleich es für alle vielleicht der richtige Zeitpunkt war – für meine Mutter, für Claire und für ihren Liebhaber. Sie ist weg, hatte er am nächsten Morgen gesagt und war geblieben. Der Liebhaber von Claire war vierundzwanzig Jahre alt, als er zu meiner Mutter überwechselte. Und er verfügte über einen unerschöpflichen Reichtum an orientalischen Märchen von *Tausendundeine Nacht* bis Wilhelm Hauff.

Bis dahin kannte ich nur die Märchen der Brüder Grimm, die ihre Kindheit nicht weit von uns entfernt in einem Ort nahe der Kreisstadt verbracht hatten. Die Gestalten aus ihren Märchen hatte meine Mutter, bevor sie zu weben begann, in kleinen Stoffpuppen nachgebildet und für Kaffee in die Schweiz verkauft. Die Geschichten schienen mir wie ein Spiegel des Lebens, das ich täglich sah, wenn ich durchs Dorf ging. Es war kalt. Die Menschen waren arm wie auf dem Geisberg, wo sie sich nur eine Ziege halten konnten und auf harten Stühlen in rußgeschwärzten Küchen beieinander saßen. In der Ferne undurchdringliche Wälder voller Unheil und Gefahr. Die Rauchsäule des Köhlers, an manchen Tagen von der Burg aus sichtbar, lockte Hänsel und Gretel ins Verderben. Rotkäppchen ging durch den Wald am Eschenberg, und der Wolf verschlang die Großmutter in Fischers Hütte, wo der Grenzstein ins Bayrische stand. In allen Geschichten drohte der Untergang. Selbst wenn am Ende die Rettung nahte, bedeutete dies doch keine Veränderung der grausamen Wirklichkeit.

An der Seite meiner Mutter lag jetzt der Liebhaber von Claire, und wenn ich mit meinem Bruder sonntagmorgens am Fußende ihres Bettes kauerte, tat sich eine magische Welt auf, voller Verwandlungen und erfüllter Wünsche. Man saß in Zelten auf weichen Kissen und flog auf Teppichen. Der Liebhaber von Claire war dort gewesen, im Morgenland. Er hatte die weißen Städte mit den geheimnisvollen Gassen und Märkten gesehen. Wenn der Abendstern aufgegangen war, stiegen wir auf den Altan der Ruine, der zwischen zwei geborstenen Türmen ins Land ragte. Wir betrachteten den Himmel, unter dem er die Wüste durchquert hatte. Meine Mutter zeigte uns die Kassiopeia, den Orion, den Großen und den Kleinen Bären. Claires Liebhaber erzählte die Geschichte von Sindbad dem Seefahrer, und wenn eine Sternschnuppe vorüberflog, wünschte ich mir, er würde niemals aufhören.

# II

Meine Mutter gehörte zu den Frauen, die nie verlassen wurden. Sie bestimmte, wann die Zeit um war. Sie tat es ohne Bedauern. In ihrem Leben gab es nur einen Mann, den sie gehen lassen mußte – meinen Vater. Er meldete sich freiwillig an die Front, als nichts mehr zu retten war. Vielleicht, so mutmaßte meine Mutter, wenn sie später nach Erklärungen suchte, betäubte die Gefahr seine immer stärker werdenden Zweifel an der nationalsozialistischen Sache, an die er geglaubt hatte. Auf einer kleinen Landkarte, die Deutschland kurz hinter Warschau enden läßt, folgte sie mit Pfeilen seinem Weg – nach Krakau, Kiew, Charkow, vorbei an Stalingrad bis in den Kaukasus. Weil er sich mit der Bauweise russischer Holzhäuser auskennt, soll er als Architekt bei der Planung eines Erholungszentrums für deutsche Offiziere am Schwarzen Meer hinzugezogen werden. Dazu kam es nicht mehr. Kurz vor Grosny drehen die Pfeile ab, führen über Rostow, Woroschilowgrad wieder zurück bis Charkow. Aus Charkow kam sein letzter Brief. Er schreibt, daß er an sie denke wie an eine ferne, schöne Welt oder einen Traum, den man einmal gehabt hat. Von dort aus gibt es keine Pfeile mehr. Es sind noch etwa einhundert Kilometer bis

Bjelgorod, wo er im Sommer 1943 schwer getroffen wird und stirbt, vierunddreißig Jahre alt. Später, als sie gegen die Trauer und das Verlangen aufzubegehren begann, mein Vater hätte, ganz gleich wie, zurückkehren sollen, stellte sich meine Mutter manchmal vor, wie sein Leben weitergegangen wäre – ein gezeichneter und vom Krieg zerstörter Mann, der seine Karriere als Architekt auch den Nazis verdankte. So empfand sie den Tod schließlich als Erlösung, weil er ihm die Augen endgültig davor verschloß, in welches Verderben er verstrickt gewesen war.

Sein Foto hing in der Fensternische gegenüber dem Glockenturm, wo meine Mutter frühstückte, wenn mein Bruder und ich in der Schule waren. Ein Mann mit dunklen, kräftigen Haaren beugt sich lächelnd über einen Zeichentisch. Er wirkt übermüdet und unrasiert, wie nach einer durcharbeiteten Nacht während eines Wettbewerbs. An der Hand, mit der er den Zeichenstift hält, ist der Ring zu sehen, den meine Mutter wenig später mit dem ihren zusammenfügen wird.

Alle anderen Fotos legte sie zusammen mit den Tagebüchern und Briefen meines Vaters in einen rötlich-braunen Pappkarton, der einem Hersteller pharmazeutischer Spezialitäten aus Darmstadt kurz nach dem Krieg für Arzneimittelsendungen an einen Apotheker im oberhessischen Lich gedient hatte. Ich weiß nicht, wie diese Pappkiste auf die Burg und in unseren Besitz kam und warum sie dazu auserkoren war, die wenigen sichtbaren Spuren unserer Familiengeschichte aufzubewahren. Meine Mutter lebte nicht mit Bildern. Sie erinnerte sich anders. Von dem Platz unter dem Lächeln meines Vaters schaute sie an klaren Tagen bis in die bläulich schimmernden Berge der Rhön, jene Landschaft, die sie für immer mit ihm verband.

Nach ihrem Tod trug ich den Karton mit der inzwischen verblaßten Aufschrift Henkel Zell-Leim jahrelang mit mir herum. Meine Mutter hatte ihn früher hin und wieder geöffnet, bei Umzügen oder anderen größeren Veränderungen, als wollte sie sich vergewissern, daß es eine Familiengeschichte gab, wie wenig davon auch zu sehen war. Es war ihre Geschichte, die in der Kiste verborgen lag, nicht meine, so empfand ich es. Da schlenderten meine Eltern Arm in Arm am Olympiastadion vorbei, sie in einem dunklen Nadelstreifenkostüm, er in alter Cordhose und einem Hemd ohne Schlips. Einmal hält er mich, ein winziges Bündel, auf dem Arm. Aber ich habe keine eigene Erinnerung an ihn. Nur manchmal taucht aus dem Dunkel meiner frühesten Zeit die Silhouette eines Mannes auf, der ein Gartentor öffnet und auf einem Sandweg davongeht. Und später, verstört im Gedanken an seine Verstrickung, hielt ich mich fern und verlor meinen Vater noch einmal. Ich wünschte mir, er wäre dagegen gewesen. Aber ich war die Tochter eines Mannes, der mitgemacht hatte.

Was blieb, waren Erzählungen meiner Mutter, romantische, verklärte Geschichten aus ihrem kurzen gemeinsamen Leben. Als sie sich in Düsseldorf, ihrer beider Heimatstadt, begegneten, war die Liste seiner vergangenen Liebschaften lang. Doch mit sicherem Instinkt spürte er, daß sie ihm zur Seite stehen würde in seinem Tatendrang, seiner Abenteuerlust, in seinem Bedürfnis, immer wieder etwas Neues auszuprobieren, in seinem Ehrgeiz und auch in seinem plötzlich ausbrechenden Freiheitsverlangen. Und sie fand in ihm die Herausforderung, die sie gesucht hatte. Zu Beginn ihrer Liebe, gegen Mitte der dreißiger Jahre, war meine Mutter zum erstenmal in das hessische Dorf an den Ausläufern der Rhön gekommen. Zuvor hatte sie vergeblich versucht, einen Studienplatz für Berufsschulpädagogik zu bekommen. In einer mehrjährigen Wartezeit absolvierte sie zunächst alle vorgeschriebenen Praktika und lernte schließlich an der Kunstakademie weben. 1935 hatte sie sich in einem Schnellkurs zur Erzieherin ausbilden lassen. In dem alten Herrenhaus, das Claire später als Zuflucht vor den Bomben dienen sollte, unterrichtete sie fortan junge zur Landarbeit verpflichtete Mädchen. Mein Vater, der sich dem Fortschritt der Bewegung am Boden und in der Luft verschrieben hatte, studierte in Stuttgart. Nachts kam er mit dem Motorrad herüber, kletterte auf die hohe Mauer, die das Haus umgab, sprang auf das Schieferdach, kletterte zu ihrem Fenster hinauf, um noch im Morgengrauen auf demselben Weg wieder zu verschwinden. An einem Sonntagmorgen entführte er sie, vermummt in seinem Beiwagen, vor den entsetzten Augen der katholischen Mädchen, mit denen sie über die Landstraße ins Bayrische zur Kirche ging. Oder er flog von der nahen Wasserkuppe mit dem Segelflugzeug herüber und warf an sie adressierte Päckchen und Briefe ab, die ihr die Bauern eilends brachten, wenn er den Hof ihres Hauses verfehlte. Mit ihm war sie aufgestiegen in die Luft, hatte in dem Motorflieger gesessen, der seinen Segler hochzog. Sie hatte ihm nachgeschaut, wenn er über die Berge der Hohen Rhön entschwebte. Aber sie war auch in einen Abgrund gestürzt, als er kurz vor der Hochzeit seine Entscheidung noch einmal auf die Probe stellte – durch eine Affäre mit einer anderen Frau. An einem sonnigen Herbsttag des Jahres 1937 verband er sich mit meiner Mutter im gepflasterten Hof des Herrenhauses unter alten Apfelbäumen, von allen Zweifeln gereinigt. Im Zentrum Berlins baute er sein erstes Büro auf, verlegte es wegen eines großen Auftrags nach Braunschweig, sah seine Familie nur selten, verlegte das Büro wieder zurück und arbeitete gegen Ende in der Versuchsanstalt für Luftfahrt in Adlershof. Die Halle, in der er mit verschiedenen Stromlinienformen experimentierte, steht noch heute baufällig in einer Brache. Während sie in einem kleinen Haus in der Nähe des Langen Sees im Osten der Stadt jedes Jahr ein Kind zur Welt brachte, tat er alles, um sein Ziel zu erreichen: mit vierzig Jahren nur noch das zu bauen, was er wirklich bauen wollte. Mal verdiente er viel, mal war das Konto leer. Mal reichte das Geld nicht, um die Wohnung warm zu bekommen, mal brausten sie mit dem Motorrad oder mit einem DKW-Cabriolet über die Avus. In den Nächten, wenn er an Wettbewerben arbeitete, blieb auch sie wach, kochte Kaffee und schraffierte Flächen in seinen Entwürfen. Rigoros forderte er von ihr Hingabe und Unabhängigkeit zugleich. Meine Mutter aber, so schien es ihr später, gab sich in dieser Liebe auf.

In ihren Erzählungen standen die Wörter »glücklich« und »schwierig« gleichwertig nebeneinander. Sie sprach von einer Liebe, die sich aus Überraschungen und unvorhersehbaren Ereignissen speiste, mit denen er ihre Tage und Nächte verzaubert, manchmal auch verfinstert hatte. Es waren Augenblicke eines schmerzlich erinnerten Glücks, in denen ich nicht vorkam. Bei meiner Geburt verspätete er sich, und danach war er die meiste Zeit fort. Die wenigen Jahre hatten nicht ausgereicht, daß er für mich ein Vater hätte werden können. Er ist ihr Mann geblieben. Fünfundzwanzig Jahre sind seit ihrem Tod vergangen. Ohne die leise, aus ihrer Stimme herüberwehende Trauer, erstarren ihre Geschichten zu Anekdoten. Es gibt niemanden mehr, der noch Auskunft geben könnte. Geblieben sind unbekannte Tiefen einer Kiste und eine Landschaft, über die mein Vater einst hinwegglitt, lautlos und schwerelos.

Immer noch werden die Segler auf dem höchsten Berg der Rhön von kleinen Maschinen an einem Seil in den Himmel gezogen. Dann löst sich das Seil, und der weiße Vogel entschwindet in der Ferne. Ein Museum dokumentiert die Geschichte des Fliegens. Erste Flugversuche mit Gleitern. Später, es ist das Jahr 1933, lehnen junge Männer in Overalls, die Zigarette im Mundwinkel, an filigranen Doppeldeckern. Ihre Aufmerksamkeit ist auf Wolf Hirth gerichtet, den Weltmeister im Segelflug, der mit umgeschnalltem Fallschirm im Gras sitzt. Auch einer der jungen Männer liegt im Gras, mit dem Rücken zum Betrachter. Obwohl man nicht viel von ihm sehen kann, Schultern, ein Ohr, leicht gewelltes, kräftiges dunkles Haar, weiß ich, daß es mein Vater ist.

Ganz unten in der Fotokiste finde ich die gleiche Szene auf einem Abzug. Er liegt zwischen seinen Tagebüchern und Briefen und unzähligen anderen kleinen Bildern mit gezacktem Rand, die ich noch nie gesehen habe. Sie zeigen einen Mann, der immer in Bewegung ist. Mal macht er sich in einer Werkstatt am Rumpf eines Flugzeugs zu schaffen, mal begutachtet er eine Bruchlandung im Schnee. Dann mißt er etwas unter einer Maschine aus, oder er beugt sich über einen Flügel. Stets ist er auf diese oder jene Weise mit der Fliegerei beschäftigt, und immer trägt er dabei eine schwarze Baskenmütze. Er trägt sie auch, als er eingezogen wird. Mit einem Tornister auf dem Rücken scheint er einen SA-Mann nach dem Weg zu fragen, zur Kaserne oder sonst wohin. An seinem Revers steckt ein Abzeichen. Mit der Lupe ist zu sehen, daß es kein Hakenkreuz ist, sondern das Abzeichen der Segelflieger, drei weiße Schwingen auf blauem Grund.

Erst nachdem er meine Mutter geheiratet hat und nach Berlin gegangen ist, rückt die Architektur in den Mittelpunkt seines Lebens. Aber nur ein einziger Bau ist dokumentiert. Unter einem bewegten Himmel ragen die riesigen Gerüste einer Industriehalle auf. Sie wird der Stahlproduktion dienen im kurz bevorstehenden Krieg. Ganz oben auf dem Gerüst, in etwa zwanzig Metern Höhe, steht ein Mann. Er trägt eine schwarze Baskenmütze und schaut hinab, während der Wind durch seinen Mantel fegt.

Als meine Mutter ihn das letzte Mal sah, schlossen sich die Türen der S-Bahn hinter ihm. Der Zug, der ihn fortbrachte, würde ihre Bahn, mit der sie nach Hause fuhr, überholen. Wir sehen uns ja noch einmal, hatte mein Vater gesagt, der nicht Abschied nehmen wollte. Aber die Bahn meiner Mutter verspätete sich. Während sie an der Stelle, wo die Züge, bevor die Strecken auseinanderführten, vor einer Weiche kurz nebeneinander hergleiten sollten, vergeblich nach ihm Ausschau hielt, ahnte sie, daß sie ihn nie wiedersehen würde.

Ihr erstes Kind kam mit der Nabelschnur um den Hals tot zur Welt. Auch das hatte sie geahnt. Und als ihr jüngstes Kind neun Monate alt war, erschien ihr ein Unheil im Traum, aber sie erkannte nicht, was es war. Sie konnte nicht wissen, daß das Leben des kleinen Jungen an dem Nachmittag enden würde, an dem sie in die Stadt gefahren war. Es geschah in einem Augenblick, als er vom Kindermädchen allein gelassen worden war. Ein Augenblick, der ausreichte, seinen Atem mit einem Gurt zu ersticken, der sich um seinen Hals zusammenzog.

Meine Mutter legte einen Kranz von Immortellen auf den winzigen Sarg und begrub ein Leid, das nie verging. Es war gegenwärtig in dem einzigen Kinderfoto, das sie jemals aufhängte, dort, wo sie schlief. Ein kleines, in die Unschärfe lächelndes Kind, um die Brust ein Halfter, am Kinderwagen zu beiden Seiten befestigt.

Das letzte Kind, mit dem sie schwanger war, verlor sie an jenem Sommertag des Jahres 1943, als zwei Männer in dunklen Anzügen mit der Nachricht vom Tod meines Vaters vor der Tür standen. Ich war gerade drei Jahre alt geworden. Als ich vier wurde, verscheuchte sie den Schatten, der von nun an über meinem Geburtstag liegen würde, mit einem Bären, der am Morgen vor meiner Tür saß. Einen langen Weg auf staubigen Landstraßen sei er gegangen, erzählte sie, und ich setzte ihn in meine Puppenbadewanne, um den Staub abzuwaschen. Als ich ihn heraushob, war nicht viel mehr von ihm übrig als ein Säckchen mit Sägemehlklumpen im Bauch, in den Armen und Beinen.

Was mein Vater bei sich getragen hatte, kam mit der Post. Ein Tagebuch, ein Ring und ein zerdrücktes Foto, aufgenommen vom Fotografen für den Mann an der Front. Meine Mutter hält mich mit beiden Händen ins Bild. Auf der anderen Seite mein Bruder. Ich trage das Kleid aus Strickstoff, das sie mit einem Bezugsschein bestellt und an jenem verhängnisvollen Nachmittag in der Stadt abgeholt hatte. Ihr verzehrender Kampf, den Schmerz zu besiegen, umgab die wenigen Jahre ihrer Ehe mit einer fast unwirklichen Dichte. Als die Luftangriffe einsetzten, verließ sie mit meinem Bruder und mir die Stadt, fand Zuflucht auf der Burg in dem Dorf, das sie kannte, und lebte mit dem, was ihr geblieben war.

## III

Im Frühling 1945, als die Amerikaner kamen, waren die Mauersegler früher zurückgekehrt als im Jahr zuvor. Meine Mutter schaute vom Küchenfenster zu, wie sie an den Pfeilern hinabstürzten, um sich, kurz bevor sie die Feuerlilien tief unten in unserem Garten streiften, wieder aufzuschwingen. Claires Liebhaber war noch nicht der Liebhaber meiner Mutter. Vermutlich war er damals noch nicht einmal der Liebhaber von Claire, denn sie hatte das alte Herrenhaus noch nicht verlassen und auch nicht ihren Mann. Während die Panzer über den Berg mit der kleinen Bahnstation rollten, an der Claire im kommenden Winter aus dem Zug steigen sollte, hatten die Amerikaner aus Tieffliegern die Burg beschossen, die wie ein gestrandetes Schiff auf dem Felsen lag. Die Kugeln flogen durch die Fenster, die geöffnet waren, um die Scheiben zu schonen, und schlugen Löcher in die gegenüberliegenden Wände, aus denen süßlich schmeckender Putz rieselte. Das Schießen hörte auf, als die Panzer langsam ins Dorf einfuhren. Längst hatten die Bauern ihre Häuser verlassen und waren mit Säcken in den Burgkeller geflohen.

Als die Jeeps der Amerikaner den Hof erreichten, öffnete meine Mutter vorsichtig die schmale Pforte im Tor des Kellers und hielt ein weißes Tuch hinaus. Sie stand auf dem obersten Absatz der breiten Treppe, die hinter ihr in der dunklen Tiefe verschwand. Ein Sonnenstrahl blendete sie für Sekunden. Obwohl draußen ein ungewöhnlich warmer Frühlingstag war, stieg vom Keller die modrige Kälte eines Verlieses auf. Meine Mutter fror. Aus dem Dunkeln starrten die Augen der Frauen, Kinder und einiger alter Männer auf ihre Silhouette und die eines amerikanischen Offiziers im Gegenlicht, während der Kegel seiner Stablampe die Stufen herabfiel.

Im Keller, versicherte sie in ungeübtem Englisch, befänden sich nur Frauen, Kinder und alte Männer. Sie ahnte nichts davon, daß tief unten, als Weinkisten getarnt, zugänglich nur durch einen unterirdischen Gang, dessen Einstieg später alle Kinder in der Burg vergeblich suchten, Mengen von Munition verborgen lagen. Vorsichtig krochen die Dorfbewohner ans Tageslicht und kehrten in ihre Höfe zurück, wo sie ihre versteckten Speckseiten und Eier nicht mehr fanden. Meine Mutter stieg den Treppenturm hoch zu dem einzig bewohnbaren Stockwerk mit der langen Fensterfront, die von strengen, die Form einer Gardine andeutenden Graniteinfassungen umrahmt war. Während der Amerikaner vom Hof aus seinen Blick über das Gebäude schweifen ließ und es als Hauptquartier auswählte, rief meine Mutter von oben alle Kinder herbei, meinen Bruder und mich, zwei Kinder meiner Tante und sechs oder sieben des Forstmeisters, der die andere Hälfte des

Hauses bewohnte. Als der Amerikaner mit der Besichtigung begann, schob sie uns alle in einen Raum. Er öffnete die erste Tür, schaute hinein, sah nur Frauen und Kinder und trat sogleich wieder auf den Flur. Bevor er die nächste Tür öffnete, hatte meine Mutter uns durch eine Zwischentür einen Raum weitergedrängt. Dreizehn Zimmer lagen an einem breiten steinernen Flur nebeneinander, manche so groß wie Säle, andere klein wie Kammern, immer voller Frauen und Kinder, die er nicht auseinanderhalten konnte. Es schienen immer andere, neue zu sein, nur eine Frau blieb für den Amerikaner in jedem Raum die gleiche – meine Mutter.

Normalerweise galt die Aufmerksamkeit aller Männer meiner Tante. So war es immer gewesen. »Meine Schwester ist schön, ich bin praktisch«, sagte meine Mutter und fand sich damit ab, daß sie kochte, während ihre Schwester am Klavier saß und das Veilchenlied übte. Lange Zeit blieb meine Tante, die zwei Jahre älter als meine Mutter war, achtundzwanzig. Als ihre Söhne dreizehn und vierzehn wurden, zog sie ein wenig nach, verharrte aber bei vierzig, bis ihre Söhne die fünfundzwanzig überschritten hatten. Im Gegensatz zu meiner Mutter war sie gertenschlank. »Mein Gott«, rief sie bereits durchs Autofenster, wenn sie später zu Besuch kam, »du hast ja schon wieder zugenommen!« Dann schwang sie ihre Beine mit den schwarzen Wildlederpumps aus der Wagentür. Ihr tiefschwarzes Haar, das sie wie Vivien Leigh in *Vom Winde verweht* trug, hob sich von dem silbergrauen Kostüm ab, das aus dem gleichen feinen Tuch geschneidert war wie der Anzug ihres Mannes. Ihre schwarzen Augen blickten fragend, als ob sie etwas erwartete. Die grauen Augen meiner Mutter schauten fest und absichtslos. Die Sätze meiner Tante fingen mit »eigentlich« an. Eigentlich hatte sie Schauspielerin werden wollen. Meine Mutter hingegen kaufte sich von dem Geld, das von der Lebensversicherung meines Vaters übriggeblieben war, einen Webstuhl und webte Teppiche aus alten Stoffen und Schafwolle, die sie verkaufte. Beide Schwestern befeuchteten, wenn sie in den Spiegel blickten, ihren mittleren Finger und formten damit die an der Schläfe nachwachsenden Härchen zu einem Kringel. Beide hatten volle, sehr rot geschminkte Lippen, die einen Abdruck an der Zigarette hinterließen. Meine Tante streifte die Asche mit einer fahrigen, aber anmutigen und zerbrechlich wirkenden Geste nach jedem Zug ab, während meine Mutter damit jonglierte, bis sie in ihren Schoß fiel.

Obwohl meine Tante besser Englisch sprach, verliebte sich der Amerikaner in meine Mutter. Er bezog das gegenüberliegende Forstamt, kam über den Hof und schaute zu, wenn sie meine langen Zöpfe flocht. Ich weiß nicht, was er erwartet hatte, als er mit Panzern und Jeeps über die Anhöhe rollte und die Burg in seinen Blick kam. Das Dorf hatte keinen Widerstand geleistet, sowenig wie die anderen Dörfer hinter der Anhöhe und im Tal. Die letzten deutschen Soldaten waren in die Wälder geflohen. Drei hatte man erschossen: einen in der Schloßgasse, einen anderen in der Kurve, die aus dem Dorf herausführt; ein dritter starb am Schulteich, aus dem wir später Handgranaten und Patronen herausfischten. Alle drei Soldaten hatten sich im Augenblick ihres Todes geduckt und waren in der Hocke erstarrt, was mir als besonders unheimlich in Erinnerung geblieben ist. Der Krieg war vorbei. Jetzt brachte der Amerikaner Orangen, die er Schnitz für Schnitz in meine Hände legte. Er kam mit Schokolade, Kaugummi und Candies, mit Kaffee und Zigaretten. Alles, so schien es, wäre in diesen Augenblicken möglich gewesen. Für das Neue aber, das meine Mutter empfand, gab es keine Übereinkunft, keine Geschichte, an die sie sich hätte halten, nichts, woraus Bilder von Zukunft hätten aufsteigen können. Ein freies Feld, in dem sie sich nicht zurechtfand, überschattet von Trauer. So liebte sie den Amerikaner mit einer Scheu, die mit der Fremdheit einherging, die ihn umgab. Italienischer Herkunft sei er gewesen, ein Journalist, dunkel und ein wenig melancholisch. Als er das Dorf wieder verließ, waren die Mauersegler noch nicht weggeflogen. Während die Jeeps die Serpentinen hinabrollten, schossen sie mit hohen Schreien um die Türme. Dann passierte die Kolonne im Schritttempo die behelfsmäßige Brücke im Tal, zog den steilen Berg hoch, überquerte die Anhöhe und verschwand. Der Geruch nach Benzin und Gummi hing noch eine Weile im Burghof und wurde dann vom Wind, der fast immer wehte, hinweggetragen.

Wie sehr sie einander begehrt hatten, offenbarten sie

sich erst, als er schon fort war. Meine Mutter in dem einzigen Brief, den sie je in Englisch schrieb. Sie nahm darin Abschied von einem kurzen Traum, den er vor ihr ausgebreitet hatte. Wäre sie diesem Traum gefolgt, wäre ich in Amerika aufgewachsen. Aber wo, das wußte sie später nicht mehr zu sagen.

## IV

Im Herbst wurde mit Fuhrwerken Winterholz in den Burghof gefahren. Die noch nicht klein gesägten Scheite waren zu Türmen aufgeschichtet, in die ich von oben hineinkroch. Niemand konnte mich sehen, während ich von meinem Versteck aus durch die Ritzen zwischen den Hölzern den ganzen Hof im Blick hatte. Es war Waschtag. Meine Mutter hantierte mit dem Wäschestampfer in einem dampfenden Kupferkessel, als ihre Schwester im Kostümrock und einer Hemdbluse, deren lange Manschetten lose über ihre Handgelenke fielen, vor der gegenüberliegenden Waschküche nach ihr rief. In meinem Versteck zwischen den Scheiten konnte ich aus den leisen, aber scharfen Worten meiner Mutter, die mit einem nassen Handtuch in der Türöffnung erschien, nur heraushören, daß es um die goldenen Manschettenknöpfe, ein Geschenk meines Vaters, ging. Meine Tante, das Biest, wie meine Mutter sie jetzt nannte, hatte sie ausgeliehen und verloren, als sie ihren Mann mit dessen Freund betrog. Für Sekunden standen sich die beiden Frauen gegenüber, bevor das nasse Handtuch durch die Luft flog und hart in das schöne Gesicht meiner Tante klatschte. Dann kehrte der Mann meiner Tante aus englischer Gefangenschaft zurück und saß, wie meine Mutter es ausdrückte, auf den Trümmern seiner Ehe.

Wie so oft läßt sich nachträglich nicht klären, ob das, was danach in den ersten Januartagen des Jahres 1946 geschah, auch geschehen wäre, wenn meine Tante jenen Satz nicht gesagt hätte. Ob sie die Worte in Gegenwart ihres Mannes, meines Onkels, fallen ließ, habe ich meine Mutter nie gefragt. Überliefert ist die Bemerkung: »Mit dir kann ich ihn ja fahren lassen«, wobei die Betonung auf »dir« lag und meiner Mutter galt, während mit »ihm« mein Onkel gemeint war. Meine Tante lag mit einer Venenentzündung auf der Couch in unserem Wohnzimmer, als sie beschloß ihren Mann mit meiner Mutter nach Hamburg zu schicken, um das, was nach dem großen Bombenangriff von 1943 in ihrer Wohnung noch übrig war, in Sicherheit zu bringen. Am Schalter in der Kreisstadt verlangte mein Onkel mit der Unwissenheit des Heimkehrers zwei Billetts erster Klasse. Dann aber hielt er meine Mutter einen Tag und eine halbe Nacht in einem eiskalten Kohlewagen im Arm. Die teilweise ausgebrannte Wohnung hatte inzwischen neue Bewohner. Den Rest der Möbel fanden sie in einem ungeheizten Zimmer zusammengeräumt. Nach der Nacht, die meine Mutter mit dem Mann ihrer Schwester in dem eisigen Zimmer verbracht hatte, nahm sie ihn anders wahr als zuvor. Immer schon hatte sie ihn anziehend gefunden – ein Mann, der zu ihrer schönen Schwester paßte. Seit dieser Nacht aber spürte sie eine Wärme und eine Behutsamkeit, die sie nicht erwartet hatte und die sie überwältigte.

Jetzt wollte der Mann meiner Tante mit meiner Mutter ein neues Leben beginnen. Er war Architekt wie mein Vater, wenngleich er sich einer anderen Schule verpflichtet fühlte und beide in ästhetischer Hinsicht Gegner gewesen waren.

Ich kann mir nicht vorstellen, wie er und meine Mutter ihre Gefühle vor anderen hatten verbergen können. Meine Tante und ihre Familie waren in einem der Häuser auf dem Geisberg untergebracht. Zum Kochen und Essen kamen sie über die Abkürzung durch ein Loch in der Mauer auf die Burg. Während alles um ihn herum zu zerfallen schien, saß mein Onkel in den wenigen Augenblikken des Alleinseins in der Nische neben dem Glockenturm unter dem Porträt meines über den Zeichentisch gebeugten Vaters und entwarf ein Haus, in das er mit meiner Mutter einziehen wollte. Noch einmal machte er eine Reise mit ihr. Sie fuhren in eine Heidelandschaft, wo er ein Grundstück fand. Danach sagte meine Mutter »nein«. Ich weiß nicht, wie lange sie zögerte. Aber ich bin mir sicher, daß sie niemals unter einem immer gleichen flachen Himmel hätte leben können. Sie hätte es nicht ausgehalten ohne den Blick zurück ins Tal, wenn sie den Berg hochgelaufen war, ohne die Wolken, die der Wind über die Anhöhe fegte, und ohne die Mauersegler, die an ihrem Küchenfenster vorbeijagten. Ihre Schwester, sagte sie zu ihm, sei der goldene Rahmen, den er für sein Leben brauche, nicht sie. Als heftige Blutungen einsetzten, ließ sie sich in die Kreisstadt mitnehmen. Sie ging ins Krankenhaus und kam am Abend zurück. Niemand außer mir hat je davon erfahren, daß sie noch einmal ein Kind verlor. Meine Mutter wollte keine Familientragödie heraufbeschwören, und so wuchs ich nicht in einem von Heidekraut umwachsenen Haus auf, mit einem Schwimmbad, wo meine Tante ihre Runden zog, in einem schwarzen gerafften Badeanzug, der nach jedem Zug wie die Hälfte eines schulterfreien Abendkleides aus dem Wasser auftauchte. Doch das war es nicht allein. Meine Mutter folgte einem Ziel, das noch keine Gestalt angenommen hatte, sie ließ sich davon leiten, ohne zu wissen, wohin sie unterwegs war, und sie hielt daran fest mit einer Hoffnung ohne Grund. Wenn sie Jahre danach in das Haus ihrer Schwester kam, deutete nichts mehr auf das Vergangene hin. Meine Tante aber, die angetreten war für etwas, was sie nie erreichte, hatte traumwandlerisch ein Lebenskunstwerk vollbracht. Das, was war, hatte sie zu dem gemacht, was sie eigentlich gewollt hatte. Manchmal nur wunderte sie sich über die nicht zu übersehende Vertrautheit zwischen ihrer Schwester und ihrem Mann, die sie nicht zu deuten vermochte.

# V

Der Liebhaber von Claire studierte jetzt in einer entfernten Stadt und nahm den Schnellzug, der nicht an der kleinen Bahnstation hielt. Für eine Packung Zigaretten verlangsamte der Lokführer die Fahrt, sobald er den Tunnel passiert hatte und die Burg auf dem Felsen in den Blick kam. Dann öffnete der Liebhaber von Claire vorsichtig die Waggontür, warf zuerst seinen Rucksack auf den Bahnsteig, den die Lokomotive jetzt mit gedrosselter Kraft entlangschlich, sprang schließlich selbst hinaus und rutschte noch ein Stück auf dem Schotter neben dem Zug her, der wieder Tempo zulegte und verschwand. Er kam den Berg hoch, den Arm voller Lupinen, die am Rand des Weges wuchsen, den er das erste Mal mit Claire gegangen war. Mit dem Fernglas meines Vaters konnten wir ihn von der Ruine aus sehen. Noch hatte er die Fichten nicht erreicht. Wenn wir durch das Loch in der Mauer klettern und den Felsen hinunterrennen würden, könnten wir ihn genau an der Abzweigung zum Geisberg treffen, um mit ihm gemeinsam den Berg wieder hochzusteigen. Niemand, sagte meine Mutter, habe so mit uns gespielt wie er. In dieser Zeit sei sie sehr glücklich gewesen, nicht nur, weil er so jung, sondern auch, weil er so reif gewesen sei. Eine Zwischenzeit. Etwas Neues hatte noch nicht begonnen. Das Alte war noch nicht ganz vorüber. Eine Zeit, in der die vergangene Welt in Trümmern lag und eine andere als Verheißung, als Möglichkeit am Horizont erschien. Begrenzt, aber nicht eng, eingeschränkt und dennoch grenzenlos. In der Zwischenzeit zog meine Mutter ihr besticktes Mieder und den weiten Rock mit dem leuchtenden Saum an. Dann löste sie das dunkle Haar aus dem Knoten und tanzte mit ihrem jungen Geliebten bei leiser Radiomusik, bis die Zukunft den Abstand zwischen ihr und ihm auftat.

Ich weiß nicht, ob das aufflammende Interesse meiner Mutter an Schmetterlingen in die Zeit vor Claires Liebhaber fiel, in die Zeit danach oder in die immer länger werdenden Perioden seiner Abwesenheit. Bis dahin war es mir nicht weiter aufgefallen, da sich meine Mutter für alles interessierte, was sie umgab. Immer schon hatte sie auf den Wiesen Pfauenaugen von Admiralen unterschieden und Kohlweißlinge, die ich besonders schön fand, in unserem Garten bekämpft, während sie die erstarrten Nachtfalter morgens vorsichtig von den Vorhängen nahm und auf die Fensterbank setzte. Plötzlich aber gingen ihr Namen wie Papilio Machaon für Schwalbenschwanz mühelos über die Lippen, obwohl sie doch eine Schule für höhere Töchter besucht hatte, wo Latein nicht unterrichtet wurde. Mittwochnachmittags fuhr das Auto unseres Hausarztes, von einem Holzvergaser angetrieben, in den Hof. Meine Mutter zog das vorne geknöpfte Kleid aus Waffelpiquée an, dessen Rock über die Gräser und Blumen der noch nicht gemähten Wiesen strich. Sie trug silberne Kreolen, ein Geschenk meines Vaters, und einen breitrandigen Panamahut, der an einem Band über ihren Rücken hinab baumelte. Mit dem Hausarzt durchstreifte sie zunächst die umliegenden Wiesen, bis zu der Stelle, wo die wilde Akelei wuchs. Dann fuhren sie ins Tal an den Fluß mit den Erlen, der sich in zahllosen Schleifen dahinzog. Es wurde Abend, bis sie zurückkehrten. Der Hausarzt begleitete meine Mutter noch die Wendeltreppe hoch und zeigte die gefangenen Falter, die in Totenstellung am Grund der Botanisiertrommel hockten. Dann heizte meine Mutter den Herd für das Abendessen, nahm die Ringe für die große Eisenpfanne heraus, und während sie Haferflocken zum Rösten hin- und herwendete, warf sie gelegentlich einen Blick aus dem Küchenfenster. Das Auto des Hausarztes mit dem weithin sichtbaren Vergaserkessel kroch die Serpentinen hinab, bis es irgendwann in der immer größeren Ferne verschwand.

An den Tagen, die keine Schmetterlingstage waren, schickte mich meine Mutter hinunter in den Kolonialwarenladen, um Eipulver oder rote Gelatine in Blättern für einen gar nicht geplanten Obstkuchen zu besorgen. Das Angebot, mir von dem Restgeld Brausepulver zu kaufen, ließ mich besonders schnell den Berg hinablaufen, was, wie mir kurz vor dem Tod meiner Mutter klar wurde, gar nicht erwünscht gewesen war. Ich sprang die

Amtsgasse hinunter, und meine Zöpfe schlugen bei jeder Stufe auf dem Rücken auf. Aus Gewohnheit hielt ich an der Stelle inne, wo die Amtsgasse in eine andere Gasse mündete, die noch steiler abwärts zum Laden führte. Von hier fiel der Schall aus unserem Küchenfenster wie durch einen Trichter über den Pfeiler ins Dorf hinab, und ich wartete, daß meine Mutter mir nachrufen würde, was sie mir aufzutragen vergessen hatte. An den Tagen aber, wenn der Hausarzt zu Besuch kam, hatte sie nichts vergessen, und das Küchenfenster blieb geschlossen.

Im Sommer, besonders in der Juli- und Augusthitze, zog sich mein Rückweg hin. Manchmal war ich vom Aufstieg so erschöpft, daß ich auf den ausgetretenen, seidigen Sandsteinstufen des grau geschindelten Wagnerhauses in halber Höhe Rast machen mußte. Im Winter raste ich auf einem Stück Pappe die vereisten Gassen hinab und zog mich an gefrorenen Efeuwurzeln entlang der Mauer wieder hinauf. Unabhängig aber von den Jahreszeiten fand ich, wenn ich mit meinem Einkauf zurückkehrte, den Hausarzt und meine Mutter, als ob ich gar nicht fort gewesen wäre, bei einem Cognac auf den Sesseln sitzend, die mein Vater entworfen hatte. Die schwarzen Haare des Hausarztes waren makellos glatt nach hinten gekämmt. Der Schlips saß gerade wie zuvor, und das Jackett seines etwas zu weiten, stets dunkelblauen Anzugs war zugeknöpft. Die Arzttasche stand griffbereit neben ihm. Er drehte seinen Hut zwischen den Fingern und versuchte zu lächeln. Das Lächeln jedoch mißlang und entglitt ihm.

Es hing schief in seinem Gesicht, mehr wie ein Grinsen, und wenn ich später an den Hausarzt dachte, kam mir der Schauspieler Eddie Constantine in den Sinn. Ohne dem Eipulver und der Gelatine Beachtung zu schenken, zog meine Mutter mich an sich.

## VI

Meine Mutter, mein Bruder und ich wohnten in einem kleinen Teil der Burg. Den größeren Teil des riesigen Gebäudes bewohnte die Familie des Forstmeisters. In den Räumen, die weder vom Forstmeister noch von uns benutzt wurden, tauchten gegen Ende des Kriegs Menschen auf, die bald wieder verschwanden, beladen mit Leid und einer Vergangenheit, über die sie schwiegen. Nie erwähnte die dicke Frau neben uns den Tag, als ihr Mann im Wald gefunden wurde, erstochen, wie es im Dorf hieß, von polnischen Zwangsarbeitern, und niemand sprach von der Vergeltung, die an den Polen verübt wurde. Auch über die offene Tuberkulose wurde geschwiegen, die eine alte Danzigerin auf der Flucht vor den Russen eingeschleppt hatte. An langen Winterabenden spielten wir in ihren beiden winzigen Kammern, die vom Treppenturm abgingen, zusammen Rommé. Ihr Mann, den man nachts, rauchend und Seemannslieder summend, in einer Fensternische des dunklen Flurs antraf, erzählte dann von der »Wilhelm Gustloff«, die im Januar 1945 mit Tausenden Flüchtlingen an Bord vor Danzig torpediert wurde und unterging. Ihre erwachsene Tochter, eine Intelligenzbestie, wie es hieß, sah wie ein

Mann aus und lernte auf der »Erika« meiner Mutter Schreibmaschine schreiben. Danach brachte sie sich selbst aus alten Schulbüchern zuerst Latein, dann Griechisch bei. Wenn wir nach dem Spiel über den Flur zurückgingen, tauchten wir die Hände vorsichtshalber in eine Schüssel mit Desinfektionsmittel, die meine Mutter vor unsere Tür gestellt hatte. Schließlich ließ der Hausarzt alle Bewohner der Burg röntgen. Die Frau aus Danzig wurde ins Sanatorium gebracht und kehrte nie mehr zurück. Der alte Seemann und seine Tochter gingen fort. In der ersten Zeit kam hin und wieder ein eng mit Schreibmaschine geschriebener Brief, in dem sie berichtete, daß sie nun auch Hebräisch und Arabisch gelernt habe. Dann hörten wir nichts mehr von ihnen.

Nur die Familie des Forstmeisters und wir führten noch eine Weile unser Leben weiter, das mir rückblikkend wie ein Vorbote meiner Jahre in Kommunen und Wohngemeinschaften erschien. Manchmal blickten wir dem Forstmeister vom Küchenfenster aus nach, wenn er mit den kleinsten seiner Kinder in den weitausladenden Seitentaschen seines Motorrads sachte den Berg hinabfuhr. Die einzige Tochter hielt seine Frau hinter ihm auf dem Schoß, einer der älteren Söhne saß vorne auf dem Tank, und man sah sie kleiner und kleiner werden, bis das Motorrad am Waldrand verschwand. Tagsüber standen alle Türen des riesigen Hauses offen. Auf dem fünfzig Meter langen, mit Sandsteinplatten ausgelegten Flur tobte ständig eine Kinderschar herum und transportierte

Zucker, Salz, Mehl, oder was sonst noch in der anderen Küche fehlen mochte, auf Dreirädern oder Rollern von einem Ende zum anderen. Schmeckte mir die Milchsuppe meiner Mutter nicht, aß ich von den Bratkartoffeln in der Küche des Forstmeisters. Gab es bei uns Buchteln oder Kartäuserklöße, kamen die Kinder zu uns herüber. Heimlich schlachteten unsere beiden Familien ein kleines Schwein im Keller, als ungenehmigtes Schlachten nach dem Krieg verboten war. Meine Mutter und die Frau des Forstmeisters kochten eine ganze Nacht lang Wurst und Schweinebauch in Gläser ein und teilten sie auf. In schwindelerregender Höhe kletterten wir Kinder auf dem Dachboden über einem Balken zum Taubenschlag und sahen unsere Mütter in der Tiefe im Garten sitzen, wo sie bei einem Kaffee Pilze und Apfelscheiben zum Trocknen auffädelten. Wenn meine Mutter über Nacht in der Kreisstadt blieb, weil nach einem Konzert kein Zug mehr fuhr oder weil sie ihn verpaßt hatte, schliefen mein Bruder und ich mit den Kindern des Forstmeisters in ihren Betten, Kopf an Fuß. Manchmal entfernten sich einer oder zwei meiner Spielgefährten zu weit von der Burg. Wenn sie durch Rufen nicht herbeizuholen waren, setzte sich der Forstmeister aufs Motorrad, suchte die Gegend ab, brachte sie von den Sieben Buchen oder vom Eschenberg in den Seitentaschen zurück und schloß das große Hoftor.

Er war der erste und einzige Forstmeister, den meine Mutter gelten ließ. Zwar blies auch er das Jagdhorn, aber er blies kein »Halali«, sondern Choräle von Bach, die sonntags weithin über das Land zu hören waren. Er jagte zwar auch und nahm uns manchmal vor Sonnenaufgang, wenn das Wild in die Lichtung trat, mit auf den Hochstand, aber man sah ihn nie in feigem Triumph, den Kübelwagen voll toter Rehe in den Hof einfahren wie später seine Nachfolger. Uniform trug er nur während der Arbeit im Forstamt gegenüber, nicht an den Wochenenden, und auf der Leine im Wäschegarten hingen nicht nur grüne Hemden, Hosen, Socken, Kniestrümpfe und Taschentücher wie bei allen, die nach ihm kommen sollten. In manchen Nächten, wenn wieder das unheimliche Rascheln der Siebenschläfer vom Dachboden her zu hören war und ich nicht einschlafen konnte, fand ich meine Mutter und den Forstmeister am Tisch in der Fensternische ins Gespräch vertieft, während unter ihnen das Dorf in vollkommener Finsternis lag.

Dennoch gab es eine tiefe Kluft zwischen ihm und meiner Mutter. Der Forstmeister war, wie es im Dorf hieß, Heide, auch wenn er christliche Choräle übers Land blies. Die Kluft zwischen ihm und meiner Mutter lag in seinen rückwärtsgewandten, frühgermanischen Utopien und in ihrem zwar halbherzigen, aber fest in ihrer Kindheit verwurzelten Katholizismus. Wenn wir nach den Heiligen Drei Königen das Lametta fürs nächste Jahr von den Zweigen zupften, es glatt strichen und den nackten Baum dann aus dem Fenster warfen, zersägten, im Holzstall zum Winterholz schichteten, um die Stücke später oben im

Kachelofen zu verheizen, bettete der Forstmeister seine ungeschmückte Tanne in ein weißes Leintuch, geleitete sie vorsichtig die Wendeltreppe hinab und verbrannte sie rituell im Hof. Während meine Mutter die heidnischen Feste des Forstmeisters zu Weihnachten und zur Fastnacht in der eiskalten, siebenhundert Jahre alten Gruft der Margarethenkapelle und später im Jahr die Suche nach der Pfingstgöttin im Morgengrauen als Erzählstoff für lange Winterabende bei Stromsperre ausmalte, war es dem Forstmeister mit den Unterschieden ernst. Dann wanderte er nachts den steinernen Flur auf und ab und klopfte schließlich an die Tür, hinter der meine Mutter schlief. Und sie, die niemandem verzieh, der ihren Mittagsschlaf störte, ließ sich aus dem Schlaf holen und bei einer Zigarette in Gespräche über Religion, Moral und Weltanschauung hineinziehen, die sie bald vermissen würde.

Der asketischen Naturreligion des Forstmeisters stand die einfache Naturverbundenheit meiner Mutter gegenüber. Sie liebte den Blick ins Tal auf den sich dahin schlängelnden Fluß, die Buchenwälder und Apfelwiesen und den Rotdornbaum unter unserem Fenster. Aber selbst wenn Gott das alles erschaffen hatte, lebte er für sie nicht in den Bäumen, nicht im Wasser, nicht im Wind, wie die Götter des Forstmeisters. Während die Welt, der er sich zugehörig fühlte, jenseits unserer Zivilisation in vorchristlicher Vergangenheit lag, setzte meine Mutter auf die Zukunft. Sie hatte noch etwas vor, und was immer es war, sie würde es nicht erreichen, wenn sie dem Fortschreiten der Dinge nicht vertraute.

Als der rote Möbelwagen 1948 den Hof verließ, nahm er einen großen Teil Leben mit sich fort. Die vielen Räume, Säle und Kammern blieben fortan hinter der neu eingebauten Etagentür verschlossen, mit der der neue Forstmeister das Haus in zwei ungleiche Teile teilte. Von nun an saß ich alleine in der Ruine unter der Eiche, schaute über die Burgmauern hinweg bis an den Horizont und stellte mir ein Leben vor, das wie ein Versprechen fern hinter den bewaldeten Hügeln und Bergen lag.

# VII

Nach und nach gingen sie alle. Claire war schon lange fort. Ihr Mann war dem Ruf an ein großes Opernhaus gefolgt. Die Schwester meiner Mutter und ihr Mann bauten das Haus in der Heidelandschaft, und der rote Möbelwagen des Forstmeisters war längst die Serpentinen hinab in der immer größeren Ferne verschwunden. Claires Liebhaber studierte die Rechte und erzählte keine Geschichten mehr. Er sprach jetzt von Fällen. Unversehens war er in eine andere Welt geraten, so wie er damals aus den Armen von Claire in die Arme meiner Mutter geraten war. Noch ein Mal führte er sie in der Kreisstadt aus, und während er die Zahlen auf der Rechnung nachprüfte und einen Fehler fand, verabschiedete sie sich lautlos von ihm, ohne daß er es bemerkt hätte.

Das Leben meiner Mutter blieb flüchtig. Sie ließ sich nicht nieder, lehnte sich an niemanden an. Was sie um sich herum sah, reizte sie nicht: Frauen an der Seite ihrer verstört aus dem Krieg heimgekehrten Männer. Sie saß am Webstuhl, bis mein Bruder und ich aus der Schule zurückkamen, und rechnete herum, wie sie im nächsten Jahr die Kosten für die Fahrt ins Gymnasium in der Kreisstadt aufbringen könnte. Die fertigen Teppiche verpackte sie, trug sie auf die Post im Hinterzimmer der Bürgermeisterei, wo sie gewogen, frankiert und verschickt wurden. Dann wartete sie auf das Geld, das per Postanweisung kam, und auf neue Aufträge.

Sie hatte inzwischen begonnen, auch aus Fell Teppiche zu weben. Ein Artikel im Lokalanzeiger berichtete von der Weltabgeschiedenheit und Grabeskühle eines langen, klosterähnlichen Flurs mit alten Ölgemälden und Truhen, an dessen Ende die gleichmäßigen Anschläge eines Webstuhls das einzige Lebenszeichen gewesen seien. Meine Mutter, die Weberin, wird als eine junge Frau beschrieben, die im nächsten Raum mit einem außergewöhnlich schönen Blick auf die Hohe Rhön einen nach blassen Farben abgestimmten Fellteppich webt. Verborgen blieb der Autorin des Artikels das Gefühl meiner Mutter, daß sich ihr Leben unter dem steten Auf und Ab des Fußhebels, mit dem sie die Kettfäden teilte, um die Fellstücke dazwischen zu schieben, unaufhaltsam verlangsamte.

An dem Frühsommertag, als das cremefarbene offene Coupé zum erstenmal die Schloßgasse hinaufkam, hatte sich Regen angekündigt. Die Schwalben flogen so tief, daß sie die beiden offenstehenden Torflügel beinahe berührten. Meine Mutter war auf dem Weg in den Obstgarten, um die Wäsche abzunehmen, als das Auto in den Hof einfuhr und ein elegantes Paar ausstieg, um das Verdeck zuzuklappen. Der Chirurg und seine Frau hatten einem Patienten im Tal die Mandeln entfernt und abgewartet, bis er außer Gefahr war. Dann erregte die Burg ihre Neugier, die, seit sie die Anhöhe überquert hatten, immer in ihrem Blick blieb. Mit dem Zweisitzer, der im Krieg beschlagnahmt, ihnen danach aber sogleich zurückgegeben worden war, fuhr das Ärztepaar jetzt nach Anweisungen unseres Hausarztes in die umliegenden Dörfer und machte kleinere Hausoperationen gegen Schinken und Speck. Bald wurde es für beide zur Gewohnheit, nach getaner Arbeit den Berg hinaufzukommen. Während die Frauen in der Ruine auf dem Altan Kaffee tranken und ins Tal blickten, das sich vor ihren Augen mehr und mehr verengte, bis das silberne Band des kleinen Flusses zu einem Strich wurde, der schließlich unter Weiden und Erlen verschwand, lieh sich der Chirurg ein Kopfkissen für einen kurzen Schlaf in seinem offenen Zweisitzer aus.

Als der Herbst kam und im Dorf Kirmes gefeiert wurde, erschien er am Sonntagnachmittag und drehte sich mit meiner Mutter auf der grob gezimmerten Tanzfläche bis zum Abend. Hatte eine seiner fünf Töchter Geburtstag, holte er uns ab. Meine Mutter saß vorne, mein Bruder und ich zwängten uns hinten auf einen braunen Ledernotsitz. Wir fuhren ins Tal hinunter, über den nächsten und den übernächsten Berg, bogen in einen Park mit einer Allee aus Eßkastanien ein und hielten vor einer Villa unweit eines in sämtlichen Baustilen errichteten Schlosses aus dem Ende des neunzehnten Jahrhunderts, dessen Erbauer, ein Großonkel der Frau des Chirurgen, darüber verrückt geworden war.

Der Chirurg, klein, rund und ein leidenschaftlicher Tänzer, hatte die Idee, zur Karnevalszeit ein großes Fest zu veranstalten. Daß das Fest auf der kargen, einsamen Burg stattfinden sollte und nicht in dem geräumigen und bequemen Haus mit Dienstmädchen, Köchin und Kindermädchen, das sie selber bewohnten, dieser Gedanke hatte mit der Freundschaft zu tun, die beide, der Chirurg und seine Frau, schon nach kurzer Zeit für meine Mutter empfanden. Ihnen war in der Begegnung mit ihr klar geworden, was es bedeutete, allein zu sein. Eine Frau wie meine Mutter war unabhängig und »gefährlich«. Sie wurde nicht zu Festen eingeladen, wenn ihr nicht ein Mann zur Seite stand. Ihr blieb nur die Flucht nach vorn. So schlugen der Chirurg und seine Frau vor, daß meine Mutter selbst die Gastgeberin sein sollte, und mit ihrer Hilfe verwandelten sich im Februar 1949 unsere Räume ein erstes Mal.

Zuerst nahm meine Mutter die Bilder von den Wänden – eine Skizze des fast blinden Bühnenbildners, eine Kopie von Brueghels *Bauernhochzeit* und einen chinesischen Wandbehang, der über der Couch im Wohnzimmer seine Farbe zu verlieren drohte, weshalb das kostbare Gewebe von Zeit zu Zeit umgedreht wurde. Dann sah man die Hasen, die vorher von der linken Seite des Mondes hinunter auf die Erde in die geöffneten Kimonos zweier Chinesen gesprungen waren, von der rechten Seite aus durch ein verblaßtes All stürzen. Es verschwand eine Leinwand mit dem Selbstporträt meines Vaters, zuletzt auch sein Foto am Zeichentisch und ganz zuletzt das Oval mit dem verschwommenen Bildchen meines gestorbenen Bruders. Statt dessen wurden Holzkäfige mit Hühnern aus Pappmaché aufgehängt und ein tiefblauer Himmel aus Krepp-Papier eingezogen, an dem unsere silbernen Weihnachtskugeln das Kreuz des Südens bildeten. Neben dem Kachelofen wurden Diwane aus Kissen und Teppichen eingerichtet. Die große Nische mit dem Eßtisch wurde zur Oase, wo man den knappen Alkohol aus Schläuchen trank. Meine Mutter flocht sich Sandalen aus Stroh, färbte alte Gardinen in Rote-Bete-Saft rosa und nähte sich daraus ein nabelfreies Gewand als himmlische Huri. In der Werkstatt, wo mein Bruder und ich schliefen, erhob sich ein rotes Zelt, für das eine Bauersfrau zwei alte Inletts gestiftet hatte. Aus Blechdosen schnitt meine Mutter Halbmonde aus und nähte sie an die Zeltwände. Unsere Matratzen wurden auf den Boden gelegt, und mein Bruder und ich zogen für zwei Nächte zu einer Frau aus dem Sudetenland ins Tal, die uns von einer Heimat erzählte, die sie nicht mehr hatte.

Als sich unsere Räume in ein Wüsten-Fort verwandelt hatten, stiegen die Bauern die Gassen hoch, um es sich anzusehen, und tranken mit meiner Mutter Schnaps, bis ihr schlecht wurde. Die meisten Gäste, die auf den Einladungen angekreuzt hatten, was sie mitbringen konnten – hundert Gramm Kaffee oder Tee, fünfundsiebzig Gramm Zucker, zwei Eier, einen Viertelliter Alkohol oder sonst etwas –, kamen mit dem Zug an der kleinen Bahnstation an und wanderten, das Kostüm im Rucksack, auf den schwarzen Felsen zu. Jene, die ein Auto besaßen, kämpften sich durch Schneewehen über die Anhöhe, dann im Schrittempo den Berg hinunter ins Tal und danach die vereisten Serpentinen herauf. Manche kamen erst an, als es wieder hell wurde. Die Bauern, die bereits gemolken und ausgemistet hatten, schoben die Gardinen beiseite und erzählten noch lange von absonderlichen Gestalten, die in Verkleidung von den beiden Gasthäusern aus die Gassen hinauf der erleuchteten Burg zustrebten. Am übernächsten Tag kehrten mein Bruder und ich aus dem Tal zurück, schliefen noch ein paar Nächte unter dem roten Zelt und hörten das leise Klingen der Halbmonde.

# VIII

Für die Dauer eines Festes war meine Mutter zum Mittelpunkt einer Gesellschaft geworden, in der nichts mehr stimmte. Sie waren alle gekommen – ein Major, der in einem Eisenbahnwaggon lebte, ein Arzt aus der Kreisstadt, der Warzen und Gürtelrosen besprach, und ein Dirigent mit französischem Namen, der seine feinen Hände auf einem entlegenen Bauernhof beim Holzhacken und Kartoffelausmachen ruinierte. Von dem Schloß mit den vielen Baustilen war der Bruder des legendären roten Barons angereist, der als Kampfflieger im Ersten Weltkrieg englische Flugzeuge, in einer offenen Maschine stehend, abgeschossen haben soll. Der Hausarzt mit seiner Frau war gekommen und ein Balte, der acht Sprachen beherrschte, und die Witwe eines nach dem zwanzigsten Juli hingerichteten Generals, die ihre Nissenhütte wie ein orientalisches Zelt mit Perserteppichen ausgelegt hatte. Am Ende sollen es mehr als vierzig Personen gewesen sein, die sich für eine durchtanzte Nacht im tiefen Schnee aufgemacht hatten.

Im Februar des nächsten Jahres wurden mein Bruder und ich wieder für ein paar Tage ausquartiert. An den Wänden unseres Wohnzimmers zog sich eine Reling entlang, die auf der einen Seite über Wellen aus Papier ragte und auf der anderen Seite darin versank. Meine Mutter trug ein seitlich geschlitztes schwarzes Seidenkleid mit Fransen, das eine Schulter freiließ, einen großen Filzhut mit Totenkopf an der hochgeklappten Krempe, den mein Vater aus dem Kaukasus mitgebracht hatte, Ohrringe aus Blech und Stiefel aus Leder und Filz, die ebenfalls aus dem Kaukasus stammten. Auf den Arm hatte sie sich mit Goldbronze eine Schlange gemalt, die vom kleinen Finger aufsteigend in ihren schrägen Ausschnitt kroch.

Diesmal hatte es in den Tagen vor dem Fest noch heftiger geschneit als im Jahr zuvor. Manche der Gäste waren nur mit Mühe bis zur Anhöhe gekommen und schreckten vor der steilen Abfahrt zurück. Ein ehemaliger Flieger und Erbe eines nahe der Kreisstadt gelegenen Hofgutes war mit dem Traktor unterwegs zur Burg, als er auf der Anhöhe den Chirurgen und seine Frau traf, die es in ihrem cremefarbenen Coupé bis hierher geschafft hatten, jetzt aber besorgt nach unten schauten. Vorsichtig manövrierte der Flieger seinen Traktor vor das Coupé und geleitete es, Stoßstange an Stoßstange, mit einer alten Decke abgepolstert, ins Tal hinunter und in umgekehrter Reihenfolge den Berg wieder hinauf. Dies soll er bei mehreren Gästen wiederholt haben, und danach, hieß es später, habe meine Mutter nur noch mit ihm getanzt.

Der Flieger war unverkleidet gekommen. Aber auch ohne Kostüm, erzählte meine Mutter, habe er mit seinen schwarzen Haaren, dem Schnurrbart und den von einem

Absturz herrührenden Narben im Gesicht verwegen ausgesehen. Am Tag nach dem Fest packte sie ihr besticktes Mieder und den weiten Rock mit dem gelben Saum ein und tanzte mit ihm in der Kreisstadt bis Aschermittwochmorgen offenen Walzer. Als sie zurückkehrte, wurde die Reling abgebaut, die Wellen im Kachelofen verbrannt, die Wände geweißt, und noch eine Weile sang sie beim Spülen das Lied der Seeräuberjenny von dem Schiff mit acht Segeln.

Die Liebesgeschichte meiner Mutter mit dem Flieger geht einher mit dem Duft von Heckenrosen und Heu und der Zubereitung von Kartoffelsalat, den ich in einer Schüssel in den Keller trug, damit er zog und sich frisch hielt für den gemeinsamen Ausflug. Mit dem Fernrohr hielten wir von der Ruine Ausschau. Wenn die Sonne bereits tiefer stand, sahen wir das Pferd des Fliegers auf der Anhöhe auftauchen. Es stieg vorsichtig am Grasrand der steilen, asphaltierten Straße hinunter ins Tal, überquerte den Fluß, kam den Fichtenweg und schließlich die Schloßgasse hoch. Wir banden es im Holzstall an und gaben ihm Heu, das wir vorher in einem Sack von der Wiese geholt hatten.

Der Flieger muß die Nacht bei uns verbracht haben, doch Bilder von Dämmerung oder Dunkelheit und vom Frühstück in der Nische neben dem Glockenturm fehlen mir. Erst der Weg Richtung Güntershof bei brütender Mittagshitze taucht in meiner Erinnerung auf, die Gemeindescheune, die dumpfen Schläge der großen Dreschmaschine, Feldraine, gesäumt von Mohnblumen und Wicken, das versunkene Dorf am Eschenberg aus keltischer Zeit, eine Lichtung, rund, wie ein Hain, die hohen grauen Stämme der Buchen, ein Bach über Moos herabplätschernd, das Picknick und der herb-süße Geschmack einer Walderdbeere.

Von unserem Dorf bis zum Gut des Fliegers sind es über die Landstraße mehr als zehn Kilometer Richtung Kreisstadt. Ich weiß nicht, wie oft wir im Sommer 1950 dort gewesen sind. Manchmal gingen wir von der Anhöhe aus zu Fuß über eine Abkürzung durch einen Wald und kamen mit einer Milchkanne voller Blaubeeren an. Manchmal nahm uns irgend jemand im Auto mit.

Das letzte Mal sind wir mit einem Pferdewagen gefahren, und die Fahrt war schwer von Bedeutung. Kein Ausflug wie sonst. Auch diesmal muß der Flieger am Tag zuvor zu uns auf die Burg gekommen sein. Er hatte geplant, daß wir im Hofgut übernachten sollten, wozu es dann aber nicht kam. Meine Mutter saß vorne neben dem Flieger, der Reithosen trug. Die silbernen Kreolen an ihren Ohren schaukelten. Dahinter saßen mein Bruder und ich. Den Fichtenweg hinab zog mein Bruder an einer seitlichen Bremse. Zur Anhöhe hinauf keuchte das Pferd, wir stiegen ab und gingen hinterher. Oben nahmen wir den Waldweg über die Abkürzung. Am Fuß eines Kegels stiegen wir wieder ab und führten Pferd und Wagen steil zum Gut hinauf. Neben der Einfahrt blieb der Wagen unter einer Überdachung stehen. Das Pferd wurde getränkt und an einem der vielen Haken angebunden.

Vielleicht hatte meine Mutter einen Winter und einen Sommer lang mit dem Gedanken gespielt, sich hier niederzulassen, an der Seite eines Mannes, der sie, weil er Flieger war, an meinen Vater erinnerte und sie zudem mit vollendeter Höflichkeit umwarb. Sie hätte das große, schwarz geschindelte Haus und die im Rund um den Hof brachliegenden Wirtschaftsgebäude mit Leben gefüllt, Obst zu Marmelade und Kompott eingekocht, während der Heuernte Essen auf die Wiesen getragen und beim Wenden geholfen. Sie hätte Kartoffeln gelagert, Äpfel und Pilze in dünne Scheiben geschnitten und auf Holzrosten getrocknet. Sie hätte beim Kalben geholfen und im Hof Büsche und Rabatten gepflanzt. An Sonntagen wären wir auf dem Pferdewagen zu Besuch in die Kreisstadt gefahren, und Weihnachten wäre ein großes Familienfest gewesen mit einem Baum aus dem eigenen Wald. Aber bereits während dieses Sommers, so empfand es meine Mutter, war außer der stets gegenwärtigen Galanterie des Fliegers nichts anderes, Tieferes zu Tage getreten, und so war leise, aber beharrlich der Verdacht in ihr aufgestiegen, daß sich hinter der glänzenden Erscheinung, wie sie es nannte, nichts verbarg.

Spätestens in dem Moment, als wir durch die Eingangshalle mit dem Ziegelboden und einer Palme in das Speisezimmer traten, als der Blick meiner Mutter über den Tisch schweifte, wo er die harten Augen einer unbeweglich am Kopfende sitzenden alten Frau traf, müßte ihr die Warnung des Schäfers wieder in den Sinn gekommen sein, der alles über die Menschen diesseits und jenseits der Anhöhe wußte. Schon eine Weile hatte er den Flieger auf dem Pferd beobachtet, wenn er mit seiner Herde von den Sieben Buchen an der Burg vorbei ins Tal hinunter und den Berg wieder hinauf zog. Lautlos war er eines Mittags am Schloßberg durch das trockene Gras mit seinem langen Stab näher gekommen. Seine Worte waren gewichtig gewesen. Er hatte lange darüber nachgedacht. Die Familie des Fliegers sei nichts für eine Frau wie sie. Niemand, sagte er bedächtig, käme gegen die alte Gutsbesitzerin an, auch nicht ihr Sohn. »Sie trinkt«, hatte er noch, gegen den Wind kaum vernehmbar, hinzugefügt, während sich, wie meine Mutter bemerkte, ein mehrdeutiges Lächeln auf seinen wettergegerbten Zügen abzeichnete. Dann sei er ruhig mit seiner Herde weitergegangen.

Der Tisch war mit weißem Leinen gedeckt. Um den Tisch eine große Familie: die Gutsbesitzerin, Onkel, Tanten, Kinder und Enkelkinder. Stimmengewirr, rhythmisch das Klirren der Löffel in den Suppentellern. In Porzellanschüsseln mit Deckeln in der Form von Wildschweinköpfen Klöße und Braten. Beim Endiviensalat versuche ich es meinem Vater gleichzutun und das Besteck in eine Hand zu nehmen, wie er es konnte. Aber es mißlingt. Das Besteck rutscht mir aus und wirbelt die feingeschnittenen Blättchen wie mit einem Katapult in die Luft. Ich sehe sie in Zeitlupe wieder herabfallen. Bei eisiger Stille lassen sie sich nieder wie ein Vogelschwarm, auf dem weißen Leinen, auf den Wildschweinköpfen und auf dem Teller der unbeweglich am Kopfende sitzenden alten Frau.

Als meine Mutter ein Jahr später von seinem Tod in der Zeitung las, wußte niemand zu sagen, warum er sich erschossen hatte. Vielleicht war es die Leere, sagte sie und machte eine Bewegung, als ob sie etwas vom Tisch wischen wollte.

## IX

Bis in jenen Sommer hinein, hatte ich ein leichtes, aber seit dem Frühjahr immer wiederkehrendes Fieber, das meine Mutter beunruhigte und für das auch der Hausarzt bei seinen Besuchen keinen Grund entdecken konnte. Meine Mutter fand mich zu dünn, zu blaß, zu müde, und ich hatte zu oft Kopfschmerzen. So knüpfte sie an ihre Beziehungen in die Schweiz an, und ihre Freundin, die emigriert war, suchte für mich einen Platz in einer Familie. Im Herbst, als das Fieber so unerklärlich, wie es gekommen, auch wieder verschwunden war, kleidete sie mich neu ein, nähte mir aus einem Anzug eine Hose und einen bordeauxroten Mantel, dessen Gürtel vorne geknotet wurde. Beim Goldschmied in der Kreisstadt ließ sie den Kinderring meiner Großmutter an meinen Finger anpassen und einen blauen Stein einsetzen. Dann legte sie mir ein kleines venezianisches Herz an einem Silberkettchen um den Hals und brachte mich an einem Abend noch vor Weihnachten in die nächste Großstadt zum Bahnhof. Ich war zehn Jahre alt, saß, vom Abschied betäubt, im Dienstabteil einer dicken Schaffnerin und wurde in die Nacht davongetragen.

An der Grenze ging ich allein durch den Zoll. Nach

Geld- und Wertgegenständen gefragt, gab ich drei Mark und fünfzig Pfennige an, die ich in dem halbdunklen Abteil wieder und wieder nachgezählt hatte. Dann zeigte ich das Herz an meinem Hals und den Ring an meinem Finger. Auf der anderen Seite der Grenze erwartete mich eine Studentin der Kunstgeschichte, die mich an einer Eichhörnchen-Brosche aus Ton erkannte. Mit ihr stieg ich in einen sauberen schweizerischen Zug, und wir fuhren nach Zürich, wo noch auf dem Bahnsteig ein Junge mit dem Finger auf mich zeigte, weil ich Hosen trug und keinen Rock. Zu Hause, bei der Mutter der Studentin, lernte ich als erstes die Wörter für Butter und Brot. Zur Schule am Römerhof lief ich die Asylstraße hinunter und überquerte eine Kreuzung mit zwei Fußgängerwegen. Der Schulhof war riesig und leer. Der Unterricht hatte begonnen. Ich wurde vor eine Klasse gebracht, in der alle Mädchen Schürzen trugen. Auch ich hatte eine Schürze bekommen, die ich bereits am zweiten Tag im Treppenhaus heimlich auszog und mir auf dem Rückweg wieder umband. Ich war Ausländerin in der Klasse und wurde neben einen Rätoromanen gesetzt, der auch Ausländer war.

In Briefen an meine Mutter schrieb ich von allem, was ich noch nie gesehen hatte: von Verkehrsampeln, Leuchtreklame und Migros-Läden, vom neun Meter großen Zifferblatt einer Kirchturmuhr, von einer Zahnradbahn, von einem elektrischen Autobus und von einem Nikolaus, der im offenen Wagen durch die Stadt fuhr. Ich schrieb auch von einem Hotelbrand in der Bahnhofstraße, bei dem die Doktorarbeit eines Studenten in Flammen aufgegangen war. Mein Versagen in der Schule verschwieg ich. Ich hatte nichts gelernt in der Dorfschule mit nur zwei Klassen, nichts, worauf ich mich hier in einer fremden Stadt verlassen konnte. Ich hinkte um ein Jahr hinterher, konnte kein Bruchrechnen, keinen Dreisatz, und bei dem Buchstaben »ß«, den es in der Schweiz nicht gab, kicherte die Klasse leise. Selbst die Wasserfarben liefen mir über das durchweichte Blatt davon.

Im Bett las ich *Die Turnachkinder im Sommer*, dann *Die Turnachkinder im Winter*. Die Regeln der Turnach-Familie, deren Befolgung Glück verhieß, waren unerfüllbar und gehörten zu einer fremden Welt. Mein Leben war anders, und alles, was im Schutz meiner Mutter als gut und richtig gegolten hatte, war in diesem weiß lackierten Jungmädchenbett auf einmal nichts mehr wert. Auf dem Nachtschränkchen lagen ihre Briefe. Als sie schrieb, wie sie schweren Herzens, aber doch in dem Vertrauen, daß ich es schaffen würde, mich am Fenster des Dienstabteils habe davongleiten sehen und die Nacht im Wartesaal zubrachte, weinte ich. In ihrem Weihnachtsbrief erzählte sie von dem Baum, den sie, wie in jedem Jahr, im Tannenwald neben den Sieben Buchen gestohlen hatte. Völlig durchgefroren sei sie und mein Bruder mit der beinahe vier Meter hohen Tanne an der Etagentür des neuen Forstmeisters vorbeigeschlichen, aber niemand hätte in der Zwischenzeit das Essen im Ofen warm gehalten, so wie ich es immer getan hatte. Ende Januar, schrieb sie später, habe der Schnee im Burghof einen Meter hoch gelegen. Der Forstmeister hatte schmale Hohlwege schaufeln lassen, einen vom Tor zum Treppenturm mit einer Abzweigung zum Holzstall und einer Verlängerung bis zur Kirche, einen anderen zum Forstamt gegenüber. Der Schnee lag immer noch, schrieb sie Mitte Februar, als sich unsere Wohnung wieder für ein Fest verwandelte. In einem Paradiesgarten wuchsen Blumen aus Papier an den Wänden, deren fremdartige Blüten sich in den Raum hinein neigten. Der bis an die Decke reichende Baum der Erkenntnis stand in der Mitte. Daran hing unsere schwere rote Kugel aus böhmischem Glas als Apfel. Bei Einbruch der Nacht zogen die Gäste mit Taschenlampen wie eine Schlange aus Glühwürmchen durch die hohen Schneewege. Gegen Morgen strebten die Katholiken aus dem Tal, denen wegen des Schnees der Weg in ihre Kirche über den Grenzstein ins Bayrische verwehrt war, in einer schwarzen Prozession, einer hinter dem anderen durch den Hof der Aschermittwochsmesse in unserer Kirche zu. Da wollte es der Zufall, oder vielleicht habe ihn auch der Teufel geritten, meinte meine Mutter, daß der Chirurg, der als Mormonenpriester gekommen war, angeblich um frische Luft zu schnappen, hinunterging und von den an ihm vorbeieilenden Gläubigen wegen seines violetten Gewands für die wundersame Erscheinung eines Bischofs gehalten wurde, der mit einer beringten Hand einen Segen andeutete.

Als ich Ende März aus der Schweiz zurückkehrte, taute es. Die Schneemauern sanken in sich zusammen und hinterließen immer kleiner werdende Wälle von Matsch und lauter Rinnsale, die unter dem Tor hindurch die Gassen hinabliefen. Mit pelzgefütterten Schuhen, einem feinen grauen Mantel, einem Rock mit Schrittfalte, der bis übers Knie reichte, und einem Twinset war ich aus dem Zug gestiegen. Meine Haare lagen schwer in einem Kranz um den Kopf, und ich hatte ein Pfund zugenommen. In dem Koffer, den meine Mutter und mein Bruder abwechselnd ins Tal hinunter- und wieder den Berg hochschleppten, lagen zwischen ein paar neuen Kleidern und Schuhen auch Schokolade von Lindt & Sprüngli für meine Mutter, eine Blechschachtel mit vierundzwanzig regenbogenfarbigen Buntstiften von Caran d'Ache für meinen Bruder und ein kleiner Vogel zum Aufziehen, den mir mein einziger Freund dort zum Abschied geschenkt hatte.

Der Ort, an den ich zurückkehrte, war nicht mehr derselbe. Auf ihm ruhte nicht mehr die unumstößliche Zuversicht, die meine Mutter darüber gebreitet hatte. Die Monate, die ich fort gewesen war, hatten einen Riß hinterlassen. Ich war eine Fremde geworden. Aus einer bewegten, großen Stadt kehrte ich zurück in ein einsames Gemäuer, in dem die Zeit stillstand. Wieder war mein Leben den Gewalten der Jahreszeiten ausgeliefert. Ich war verstört, herausgewachsen aus dem Bannkreis meiner Mutter, der mich an den Abenden, wenn sie beim Feuerschein der geöffneten Kachelofentür Geschichten erzählte, wie ein Schutzwall umgab. In der Schule hatte ich nicht Schritt halten können, und es war mein Glück, daß die Prüfungen fürs Gymnasium in der Kreisstadt bereits vor meiner Rückkehr stattgefunden hatten. So verdankte ich meine Aufnahme der Unwissenheit des Direktors, der, vom Schneiderkostüm meiner Mutter und dem in Leinen gebundenen Zeugnis der Kantonsschule geblendet, nicht bemerkte, daß dort die »Eins« die schlechteste Note war.

Das neue Schuljahr begann nach Ostern. Es war immer noch kalt. Um fünf Uhr, wenn es dämmerte, stand mein Frühstück neben dem Kopfkissen. Im Halbschlaf trank ich eine Tasse Kakao und aß ein Marmeladenbrot. Ich wusch mich spärlich mit eisigem Wasser am Waschbekken, kroch in meine Kleider und folgte meinem Bruder die Gassen hinab, die noch verlassen dalagen. An der gewohnten Stelle hielten wir an, um die guten Wünsche aufzufangen, die meine Mutter uns für irgendeine Klassenarbeit hinterherrief. Dann nahmen wir die Abkürzung über den Geisberg ins Tal, rannten über die Brücke, stiegen außer Atem den Berg zur Bahnstation hinauf, erreichten den Zug um sechs Uhr dreißig, kamen um sieben Uhr am Bahnhof in der Kreisstadt an, liefen eine halbe Stunde durch einen Wald hinunter zur Schule, die in einem alten Kloster untergebracht war. Im Aufenthaltsraum, wo einmal Napoleon geschlafen hatte, warteten wir auf die erste Stunde. Mein Bruder spielte Karten, während ich mit dem Kopf auf einem Tisch niedersank.

Als der Sommer und die Hitze kam, schleppte ich in meinem Ranzen aus Wachstuch das Gewicht meiner schlechten Noten. Das letzte Stück Wegs zog sich endlos unter der hochstehenden Sonne. Zu Hause fiel ich in Schlaf. Wenn ich aufwachte, war der Nachmittag vorüber, und ich hatte noch nichts für die Schule getan. Alles, was ich an Kraft aufbringen konnte, war vom Schulweg verzehrt worden.

# X

In den ersten Ferientagen des Sommers 1951 brach ich mir den rechten Ellenbogen. Nachdem der Gips abgenommen worden war, kam ein dünnes graues Ärmchen zum Vorschein, das zum Schreiben noch lange nicht taugte. Als die Schule wieder begann, verlor ich gänzlich den Anschluß an meine Klasse.

Besorgt über den langen Schulweg, hatte meine Mutter nach Möglichkeiten Ausschau gehalten, für eine gewisse Zeit in die Kreisstadt zu ziehen. Da traf es sich, daß die buddhistische Ehefrau des Arztes, der Warzen und Gürtelrosen besprach und als Wunderheiler galt, sie um einen Gefallen bat. Während sich die Buddhistin in ein Kloster im Ausland zurückzog, sollte meine Mutter dafür sorgen, daß sich der Wunderheiler im Einklang mit der Lehre Buddhas vegetarisch ernähre. In den Händen hielt sie zwei Geschenke – einen zitternden winzigen Hund, der letzte und schwächste aus einem Wurf ihres Dackels, und ein Paar handgefertigte Schweizer Wildlederschuhe. Meine Mutter hatte beides genommen, ein paar Dinge zusammengepackt, und wir stiegen in das schwarze viereckige Auto des Wunderheilers mit durchgesessenen Sitzen, aus denen Holzwolle quoll. Als wir von den Serpentinen aus zurückblickten, zeichnete sich unter unserem Küchenfenster auf dem Pfeiler deutlich die Spur des Spülwassers ab, das meine Mutter stets über das Mauerwerk hinab auf die Eintagslilien in unserem Garten goß, die jetzt verdorren würden. Erst kurz vor der Brücke im Tal rückte der Pfeiler aus unserem Blick. Von der Anhöhe ragte der Bergfried in einen wolkenlosen Himmel. In der Kreisstadt bogen wir kurz vor dem Bahnhof ab. Nach einer Unterführung lag links im Wald der Arcisbrunnen, wo wir mit der Schule vor den Ferien in einem runden, hölzernen Tanzsaal ein Sommerfest gefeiert hatten. Wir fuhren einen steilen Berg hoch. Am Ende tauchte in einer abschüssigen Wiese die Baracke des Wunderheilers auf. Unter uns breitete sich die Stadt aus, und ich konnte in der Mitte die schieferbedeckten Türme des Klosters sehen.

Vielleicht sollte es ein Experiment sein. Der Mann, zu dem wir jetzt in eine Baracke zogen, hatte meine Mutter fasziniert: Auf dem letzten Fest hatte sie ihn, eine Perücke auf dem riesigen, kahlen Schädel und als Hula-Mädchen verkleidet, unter dem Baum der Erkenntnis tanzen sehen. Zu den Schlägen einer Trommel hatte er sich in einem Bastrock erst langsam, dann schneller werdend mit artistischer Schwerelosigkeit aus der Mitte seines über den Bastrock hinausdrängenden Bauches in Bewegung gesetzt. Dann, bei einem Trommelwirbel, geschlagen von dem in einem Eisenbahnwaggon lebenden Major mit seinem Fes, weshalb für immer der Name Faruk an ihm haften blieb, hatte er plötzlich, unter dem Aufschrei der um ihn Herumstehenden, aus einem gewaltigen, geblümten Oberteil zwei Gummibälle herausgezogen, auf dem Boden aufschlagen und in Sekundenschnelle wieder verschwinden lassen.

Es mögen fünf oder sechs Kammern mit Wänden voller Bücher gewesen sein, die sich entlang des Flurs der Baracke aneinanderreihten. Spiegel zu beiden Enden verlängerten ihn ins Unendliche. Die Kammer meiner Mutter lag nahe der Eingangstür, und der Wunderheiler hatte ihr zur Verteidigung gegen Einbrecher eine handliche kleine Axt neben das Bett gestellt. Es gab kein Wasser im Haus. Wir pumpten es aus einem Brunnen in der Wiese. Morgens konnte ich eine Stunde länger schlafen. Die Musiklehrerin, der mein drohendes Scheitern nahegegangen war, holte mich in den Schulchor. Als wir den *Judas Makkabäus* einstudierten, machte ich endlich den Mund auf und hielt mit einer Handvoll anderer Schülerinnen im Alt den gewaltigen, über uns hinwegbrausenden Sopranstimmen stand. Nach den Proben ging ich zu einer Krankengymnastin, die meinen Arm bewegte. Wenn ich zur Baracke hochstieg, lag der Tag noch vor mir, und allmählich verbesserte ich mich in der Schule.

Der Wunderheiler fuhr tagsüber in seine Praxis hinunter, wo er auch eine kleine Warze am Finger meines Bruders durch Murmeln, Anstarren und ein wenig Spucke zum Verschwinden brachte. Meine Mutter kochte und suchte auf der Wiese nach Schafgarbe und Löwenzahn für

Salat. An Wochenenden verstieß der Wunderheiler gegen das Gebot seiner Frau und besorgte Wildschweinbraten, den meine Mutter schmorte. Mein Bruder und ich schleppten Wasser vom Brunnen herauf, um das schwarze Auto zu waschen. Dann strichen wir es mit neuer Farbe an, polsterten die Sitze mit Lumpen aus und überzogen sie mit einem neuen dunkelroten Stoff. Wenn mein Bruder und ich sonntags hinten saßen und meine Mutter vorne neben dem schweren Mann, hätte man sich vorstellen können, daß es schon immer so war und auch so bleiben würde.

Der Sommer verging, und die Frau des Wunderheilers kehrte nicht zurück. Zum ersten Mal lebten wir mit einem Mann unter seinem Dach. Ich spürte, daß meine Mutter sich Fragen stellte, die unausgesprochen blieben, auch zwischen ihm und ihr. Abends saßen sie zusammen auf einer Bank vor der Baracke und rauchten. Leise redeten sie über einen Anbau, den die Baracke bekommen sollte, Wasser, das ins Haus gelegt werden müßte, um ein Badezimmer einzurichten. Ein neues Auto sollte angeschafft werden. Meine Mutter spielte mit dem Gedanken, den Führerschein zu machen, und bald stellte ich mir vor, wie sie mit Sonnenbrille in einem Wagen mit Heckflossen zum Einkaufen fahren würde. Noch immer aber wienerten wir an den Wochenenden das viereckige, schwarze Auto, und wenn wir an den nun schon kühler werdenden Sonntagen in die Stadt hinabrollten, sang der Mann neben meiner Mutter ein Lied. Die beiden Worte »weine nicht«, gefolgt von meinem Vornamen und in einer einfachen Melodie aneinandergereiht, dehnten sich in den Kurven, um sich unten in der Stadt vor einer Eisdiele zu einem Tremolo zu steigern. Alle lachten. Nur ich nicht. Er wollte mich mit seinem Gesang um Verzeihung bitten, wegen seiner plötzlichen Wut, die ausgebrochen war, als ich den Kotflügel des schwarzen Wagens putzen sollte und nicht wußte, was das war. Ich kannte Trittbretter am Auto und Schutzbleche am Fahrrad, aber das Wort Kotflügel war in den elf Jahren meines Lebens noch nicht vorgekommen. Nie zuvor war ich einem derartig ungezügelten männlichen Zorn ausgeliefert gewesen, der immer wiederkam, bei diesem Anlaß oder jenem. Er schien aus einem Abgrund aufzusteigen, mit der gleichen Macht, die den Wunderheiler auch befähigte, Warzen und Gürtelrosen zu vertreiben.

Ich saß stumm auf dem Rücksitz, und die Bilder dieses Nachsommers begannen sich zu trüben – meine lachende Mutter auf dem Vordersitz, die Kammern zwischen den Spiegelwänden und die abendliche Limonade am Arcisbrunnen. Irgendwann lachte auch meine Mutter nicht mehr, und der tanzende, leichtfüßige Faun von einst in Gestalt eines Hula-Mädchens war von der dunklen Schwere des Mannes ausgelöscht, der neben ihr saß und das schwarze viereckige Auto lenkte.

# XI

Meine Mutter ging ohne Erklärung. Die Gründe erwähnte sie ebensowenig, wie sie die Möglichkeiten des Bleibens angesprochen hatte. An einem Herbsttag brachte uns der Wunderheiler in seinem schwarzen Auto wieder nach Hause. Die Burg lag da, als würde unser Leben dort oben für immer so weitergehen. Der einst ockerfarbene Putz war schon lange zu einem schmutzigen Grau verwaschen und fiel in großen Placken von der Fassade. Der Kies im Hof war vom Auto des neuen Forstmeisters festgedrückt und wurde nicht mehr geharkt. In langen Scheiten lag das uns zugeteilte Winterholz da und mußte zersägt, zerhackt und im Holzstall aufgeschichtet werden. Das Leben verfügte wieder über uns, im unerbittlichen Gesetz der Jahreszeiten. Meine Mutter aber schien erleichtert, als ob sie etwas von sich abgestreift hätte. Sie war wieder frei und unternahm einen neuen Anlauf. Mit der Hilfe eines Webmeisters aus dem Sudetenland zog sie neue Kettfäden auf und erledigte noch vor Weihnachten die Aufträge, die sie aus der Kreisstadt mitgebracht hatte. Als nach den Herbstferien ein Schulbus eingerichtet wurde, stand ich erst um sechs Uhr auf, lief nur noch eine halbe Stunde zur Haltestelle am Fuß des Fichtenwegs, stieg in der Kreisstadt nahe dem Kloster aus und war um zwei Uhr wieder zu Hause. Meine Mutter machte jetzt öfter Erledigungen und Besuche in der Stadt. Während mein Bruder und ich hinten im Bus Vokabeln lernten, saß sie vorne beim Fahrer, dessen ölige Haare an den Kragen seiner Jacke stießen, und steckte sich eine der auf Vorrat gedrehten Zigaretten an.

Nach Weihnachten türmten sich die Schneemassen, brachten den Busverkehr an manchen Tagen zum Erliegen und blieben bis Anfang März. Dann taute es, und der Winter ging mit einem für die Jahreszeit ungewöhnlichen nächtlichen Gewitter zu Ende. Vom Dorf aus hatten die Bauern kleine bläuliche Flämmchen auf dem Schieferdach der Burg wie Geister zwischen den Blitzableitern umherhuschen sehen. Am nächsten Morgen kam der Bürgermeister, um zu schauen, ob wir noch am Leben waren.

Es folgte ein nicht enden wollender Wolkenbruch, den der Boden, in der Tiefe noch gefroren, nicht aufnehmen konnte. Das Wasser floß die Schloßgasse hinab, teilte sich an der Amtgasse, strömte zum Kolonialwarenladen und spülte den Fichtenweg aus. Es floß unterhalb des Schulhauses auf einer abschüssigen Wiese über den leblosen Körper eines schwarzen Hundes hinweg, den ein Bauer mit der Flinte unter dem Arm kurz vor dem Unwetter dort hingeführt, zum Niedersitzen gezwungen und dann mit einem Schuß, der in die Mittagsstille schlug, getötet hatte. Das Tier war zur Seite gesackt, und niemand begrub es. Jetzt nahm das Wasser den Kadaver ein kurzes

Stück Wegs mit in Richtung Tal, schwemmte ihn dann in eine Mulde, wo er liegenblieb.

Das Wasser stieg und stieg. Der sonst so schmale Fluß wurde reißend und überspülte die Brücke. Man kam nicht mehr auf die andere Seite. Die Wiesen, wo im Sommer die Zigeuner gelagert hatten, verwandelten sich in einen riesigen See, der bald das Tal bedeckte. Längst waren die Höfe den Flußlauf entlang vom Wasser eingeschlossen. Am dritten Tag konnte man von der Ruine aus mit dem Fernrohr die Leiber von schwarzweißen Kühen erkennen, die an der Brücke zwischen Geäst hängengeblieben waren. Ihre Mäuler standen offen, und ihr Fell war vom ständigen Prallen gegen die Brückenpfeiler aufgerissen. Als das Wasser sank, ließ es außer den Kadavern Hausrat und Leiterwagen zwischen den Erlen in den Uferwiesen zurück. Noch fuhr der Bus nicht über die Brücke. Nur Fahrräder und Fußgänger durften passieren.

In jenen Märztagen des Jahres 1952, die später als die Sintflut in die Geschichte des Dorfes und des Tales eingingen, war an der kleinen Bahnstation jenseits des aufgewühlten Flusses ein Mann ausgestiegen. Mit einem geprägten braunen Pappkoffer und einem Hut, den er auch drinnen gern aufbehielt, um sein krauses Haar in Form zu bringen, war er über die Brücke und den Fichtenweg zu uns hinaufgekommen. Angekündigt hatte er sich in einem feinen, vielversprechend geistreichen Brief, der meine Mutter neugierig gemacht hatte. Dann aber, sagte sie, sei er erschienen wie ein Ertrinkender. Das Geröll, den Schlamm, die Kadaver und die angeschwemmten Dinge habe er nicht wie ein Naturereignis betrachten können, sondern er sei hindurchgewatet wie durch sein persönliches Unglück.

Beunruhigt darüber, daß meine Mutter immer noch nicht wieder in festen Händen war, hatte ihn ihre jüngste Schwester aus Bad Wildungen geschickt, wo er mit seinen feinen Fingern, die einst im Orchestergraben der Rostocker Oper Querflöte gespielt hatten, bei den Amerikanern Schrauben sortierte. Jahre russischer Gefangenschaft hatten den Musiker in ihm zum Verstummen gebracht, und niemand hörte ihn je wieder spielen. Nur die Elster, die, von den glänzenden Ohrringen meiner Mutter angelockt, bei uns eingezogen war und die Nächte auf einem Tablett neben meinem Kopfkissen hockend verbrachte, lauschte Tönen aus der Arie des Papageno, die er ihr leise vorsummte.

Im ersten Frühling war meine Mutter von den langen und klugen Gesprächen, die sie mit dem versponnenen, aber auch tief verängstigten Flötisten führte, noch eingenommen gewesen. Er erschien alle vierzehn Tage an den Wochenenden. Meine Mutter hatte dann Wanderungen geplant – an die verborgene Stelle, wo die wilde Akelei wuchs, den Flußlauf entlang zu einem Ausflugslokal, wo es Rippchen mit Sauerkraut gab, oder zum van Dyck in ein Kloster, das schon im Bayrischen lag und Nonnen wie Mönche beherbergte. Wir liefen am Rand des Hopfenbergs entlang, danach über eine von dürren Apfelbäumen gesäumte Landstraße, bis der Giebel mit unserem Wohnzimmerfenster neben dem Glockenturm nicht mehr zu sehen war. Schließlich bogen wir bei Kochs Fichten, wo mein Vater meine Mutter in den Beiwagen seines Motorrades gezogen hatte, querfeldein ab. Vom nächsten Tal aus war das Kloster bereits zu sehen, und wir stiegen die Stufen der Via Sacra hoch, zu unserer Rechten die Leidensgeschichte Christi. Auf dem Gemälde im Refektorium, wo die Nonnen Schnaps und die Mönche Käse verkauften, war Christus tot. Das Martyrium auf den Stufen der Via Sacra hatte ein Ende. In der »Beweinung« des Anthonis van Dyck deutete nichts außer kleinen Wundmalen an Füßen und Händen und einer schmalen Blutspur an seiner rechten Seite auf die Qualen hin, die dieser schöne, schimmernde, mit einem mächtigen Brustkorb diagonal im Bild liegende athletische Körper erlitten hatte. Auch in den Gesichtern der um ihn Stehenden zeichnete sich keine Trauer oder Schmerz ab. Der Maler hatte die Spuren des Leidens ausgeblendet. Ihm ging es um die Verherrlichung, und meine Mutter gab sich nach dem Aufstieg angesichts der grausamen, detailgetreuen Darstellungen in den Stationsbildern gerne der Illusion der Unversehrtheit hin. Der Flötist aber, sagte sie, war nicht zu täuschen. Nichts konnte seine Schwermut vertreiben, nicht der Schnaps der Nonnen, nicht der Käse der Mönche und nicht die Kunst des van Dyck, die an ihren Kinderglauben rührte.

Dann kam Weihnachten, und der Flötist tat etwas, was er nie hätte tun dürfen. Nachdem die Stollen gebacken und in Steinkrügen in den Keller gebracht worden waren, hatte ich beim Metzger im Tal einen Zettel abgegeben, auf dem meine Mutter eine große Rinderzunge bestellte, die ich eine Woche später nach der Schule abholte. Einen ganzen Tag lang zog die Zunge auf kleiner Flamme. Die Brühe wurde beiseite ins Kalte gestellt und rote Bete, eine Sellerieknolle und ein paar Kartoffeln gekocht. Im Kolonialwarenladen kaufte ich zwei Matjesheringe. Von der Milch im Keller wurde Rahm abgeschöpft. Äpfel, die, in alte Zeitungen gewickelt, den Winter überdauerten, wurden nach oben getragen, Nüsse geknackt. Meine Mutter nahm eine Emailleschüssel in den Schoß und begann die Zunge, das Matjesfilet, die rote Bete, den Sellerie, die Äpfel, die Kartoffeln und die Nüsse klein zu schneiden. Die Schüssel, mit einem Handtuch bedeckt, kam in die ungeheizte Werkstatt. Am Heiligen Abend, nach der Bescherung, wurde die erste Portion in eine lindgrüne Schale der Königlich Preußischen Porzellanmanufaktur gegeben, und wir aßen davon am weiß gedeckten Tisch in der Fensternische aus ebenfalls lindgrünen Schälchen. Der Rest mußte in der Emailleschüssel unter dem Handtuch bis Sylvester halten. Niemand hatte je gewagt, davon zu nehmen, weder mein Bruder noch ich, noch einer der Männer, die zuvor Weihnachten mit uns verbracht hatten. Alle hatten sich einem Verbot gefügt, das, ohne ausgesprochen zu werden, über der Schüssel schwebte. Einzig meine Mutter durfte an die Quelle und davon austeilen, niemand sonst. Ich weiß nicht, ob sie Spuren entdeckte, etwa den Abdruck eines Löffels oder einer Gabel, oder ob der Inhalt der Schüssel sichtbar abgenommen hatte. Der Frevel geschah nachts, als alle schliefen. Der Flötist stahl sich von der Seite meiner Mutter in die kalte Werkstatt und aß vom Heringssalat.

Er sei ein Fehlgriff gewesen, sagte sie, von Anfang an. Aber sie trennte sich nicht sofort von ihm. Vielleicht weil sie sich ihn manchmal im Orchestergraben vorstellte, wo er, wenn er die Querflöte an die Lippen hob, mit seinem aschblonden, in die Luft ragenden krausen Schopf und im Frack dann doch vielleicht einmal eine gute Figur abgegeben hatte. Zum anderen mag sie es einen Moment lang auch als zweifelhafte Bestätigung ihrer Macht empfunden haben, als er ihr gestand, daß er ohne sie nicht leben könne. Aber im nächsten Augenblick überwog die dem Geständnis innewohnende Last: »Wenn du nicht ohne mich leben kannst«, soll sie geantwortet haben, »kannst du auch nicht mit mir leben.«

Der Korea-Krieg weitete sich aus, und General MacArthur bedrohte das Gleichgewicht der Welt. Die Amerikaner, so hörte man im Radio, legten Vorräte an und bauten Atombunker unter ihren Häusern. Vorräte konnten unsere Sorge nicht sein, denn es gab keine, und für alles andere hatten wir unseren Keller. Wer aber, fragte sich meine Mutter, wolle nach einem Atomschlag wieder nach draußen kriechen in eine verseuchte Welt? Ungeachtet der Weltlage und des Zweifels am Charakter des Flötisten gingen wir immer noch alle vierzehn Tage zur Bahnstation, um ihn, wenn er wegen der Schichtarbeit bei den Amerikanern zwei Tage frei hatte, abzuholen. Eines Tages aber kam ein Brief, der sein Kommen auf einem Motorrad ankündigte. Als es dunkel wurde, hielten wir am Küchenfenster Ausschau. Sobald sich ein Licht die Serpentinen hochwand, rannten wir in die Fensternische neben dem Glockenturm, von wo aus man sehen konnte, ob das Licht in die Schloßgasse einbiegen oder sich weiter auf der Landstraße ins Bayrische entfernen würde. Es war schon spät, als endlich über das schlafende Dorf hinweg ein Knattern von den Serpentinen her zu hören war. Es kam über die Schloßgasse näher und erreichte den Hof, wo der Flötist mehr tot als lebendig von einer 98er NSU Quick fiel.

In vier qualvollen Stunden hatte er die Strecke hinter sich gebracht. Mit der Zeit, im vierzehntägigen Rhythmus, wurde er schneller. Als die Bedrohung durch den Korea-Krieg ihren Höhepunkt erreichte, konnte er die Fahrzeit bereits um eine Stunde verkürzen. Jetzt war er sicher, daß er mit einer Seite durchwachsenen Specks, den er gehortet hatte, der gelben Gefahr entkommen würde, bevor sie an ihm, dem Kollaborateur, der sich den Amerikanern angedient hatte, Rache nehmen konnte. Wo aber, wollte meine Mutter wissen, sollten eigentlich sie, mein Bruder und ich Platz finden auf der 98er NSU Quick, wenn der Augenblick zur Flucht gekommen sei?

# XII

Der Aufschwung war unaufhaltsam. Die versprengten Städter kehrten in ihr gewohntes Leben zurück. Auch der Chirurg war aus der Villa ausgezogen und hatte sich in Frankfurt ein Haus gebaut. Er war Schönheitschirurg geworden und kürzte die Nasen amerikanischer Offiziersgattinnen, straffte deren Bäuche und legte die abstehenden Ohren der Besatzungssoldaten an. Er kürzte auch die Nase seiner schönen Frau und rundete sie vorne an der Spitze noch ein wenig ab. Als er am linken Wangenknochen meiner Mutter einen Leberfleck ausmachte, der vielleicht ein wenig zu groß war, um nur schön zu sein, korrigierte er auch dies. Die Entfernung des kleinen braunen Flecks empfand ich als einen unverzeihlichen Übergriff. Es war intimer als alles, was ich mir an Annäherungen an meine Mutter vorstellen konnte, und ich war erst versöhnt, als er wie durch ein Wunder an der gleichen Stelle wieder erstand.

Wenn eine der fünf Töchter des Chirurgenehepaars heiratete, wurde meiner Mutter ein Abendkleid mit passenden Schuhen geschickt und eine Handtasche, in der, aus gleichem Leder gefertigt, eine Börse mit dem Geld für die Fahrkarte lag. An der Tafel fand sie ihre Tischkarte neben der eines reichen Junggesellen. Nach zwei Tagen kehrte sie zurück, berichtete ausführlich vom Kleid der Braut, während wir Stücke von der mitgebrachten Hochzeitstorte aßen.

Der Schönheitschirurg und seine Frau bauten eine Klinik auf, in der sie für meine Mutter einen Kosmetiksalon einrichten wollten. Sie hätte eine Ausbildung machen müssen, die ihre Freunde finanzieren wollten. Dann hätte sie die frisch operierten Frauen, meist auf englisch, mit ihren neuen Nasen vertraut machen und ihnen über die noch rohen Narben hinweghelfen müssen. Mit ihren zupackenden Händen, die Kettfäden knoteten, Holz hackten, Kartoffeln schälten und Obst entkernten, hätte sie in sanfter Kreisbewegung Creme einmassieren, Masken auf das wunde Gesicht legen und eine neue Schminke vorschlagen müssen. Es wäre eine Perspektive fürs Leben gewesen, wenn da nicht die große Niveadose mit dem verklumpten Silberpapier auf der Glaskonsole über unserem Waschbecken gestanden hätte, die einzige Kosmetik, die meine Mutter außer dem Lippenstift je benutzte. Sogar ihre Augenbrauen brachte sie damit in Form und strich ihre Wimpern mit den eingecremten Fingern von unten nach oben. Abends, wenn sie ihre letzte Zigarette in der Fensternische rauchte, dachte sie darüber nach. Wie sie jetzt lebte, war sie niemandem etwas schuldig, auch nicht ihren Freunden, und selbst die Aussichtslosigkeit blieb immer noch ihre eigene Wahl. So entschied sie sich dagegen, saß weiter am Webstuhl und träumte in den

Nächten von einem Teppich mit ineinanderfließenden Ornamenten, den sie auf ihrem Webstuhl nicht weben konnte und auch nie weben würde.

Vom Steinfußboden ihrer Werkstatt stieg im Winter eisige Kälte auf, die trotz des schafwollenen gestrickten Tuchs, das mein Vater aus Rußland mitgebracht hatte, in ihren Körper kroch. Sie fuhr in die Kreisstadt, ging aufs Amt und fragte nach Arbeit. Aber es gab keine Arbeit für sie, weil sie, wie man ihr vor Augen führte, nichts gelernt hatte. Ich kann mich nicht erinnern, wer meine Mutter auf den Gedanken brachte, Tischdecken zu verkaufen. Es könnte jemand aus dem Tal gewesen sein, wo die Flüchtlinge vielfältige Unternehmungen in Gang setzten, die die Bauern von oben aus argwöhnisch beobachteten.

Morgens, wenn mein Bruder und ich schon in der Schule waren, wurde sie jetzt mit anderen Frauen aus dem Tal in einem Kleinbus abgeholt, über Land gefahren, mit einem Koffer voller Tischdecken irgendwo zwischen mehreren Dörfern abgesetzt und nach Stunden an einer verabredeten Stelle wieder abgeholt. Zum ersten Mal in meinem Leben hatte ich Angst um meine Mutter. Nach der Schule wärmte ich das Essen, das sie am Morgen vorbereitet hatte, für meinen Bruder und mich auf und erledigte meine Schulaufgaben. Bei Einbruch der Dunkelheit stand ich am Küchenfenster. Sobald sich ein Scheinwerfer auf den Serpentinen näherte, lief ich ins Wohnzimmer, setzte mich in die Fensternische neben den Glockenturm und starrte die Schloßgasse entlang. Wenn im Hof eine Wagentür schlug, waren mein Bruder und ich noch wach. Wir legten Holz im Kachelofen nach, meine Mutter aß, was wir ihr aufgehoben hatten, und erzählte von gottverlassenen Dörfern, wo sie aus dem Kleinbus stieg, mitten auf einer matschigen Hauptstraße, ohne Wandergewerbeschein, stets auf der Hut vor Gendarmen, und wo sich, wenn sie nach dem Koffer mit den Tischdecken griff und ihren Blick über die Häuserreihen schweifen ließ, lautlos die Türen und Fenster schlossen. Dennoch mußte sie losgehen, den ersten Schritt tun, den allerschwersten. Sie mußte an die nächste Tür klopfen, die sich nur einen Spaltbreit öffnen würde, mit den immer gleichen Worten: »Ich kaufe nichts.« Dann mußte sie alles daran setzen, mit ihrem Koffer eingelassen zu werden. Es gab Tage, da luden sie die Frauen hinter den Fenstern zum Kaffee ein und kauften ihr nicht nur eine Tischdecke ab, an der sie fünf Mark verdiente, sondern eine ganze Garnitur, eine große und eine kleine Decke und Servietten dazu, die ihr fünfzehn Mark einbrachten, und gaben ihr noch Geschenke mit, ein Federkissen oder ein Stück Speck. An den Tagen aber, an denen sie keine einzige Decke verkauft hatte, gab es nichts, was sie erzählen wollte.

## XIII

Ich kann mich nicht erinnern, wie lange meine Mutter mit dem Koffer von Haus zu Haus ging. Es mag sein, daß sie es nur einen Winter lang tat. Sobald es wärmer wurde, saß sie wieder am Webstuhl. Die Tür der Werkstatt stand offen. Vor dem Koreakrieg hatte ein Volksempfänger vom Regal aus seine harten und immer ein wenig zu hohen Töne von sich gegeben. Jetzt klang voll und warm das zurückgelassene Radio des Flötisten herüber, an dem er das Vordringen der Koreaner verfolgt hatte. Der Krieg war 1953 mit einem Waffenstillstand zu Ende gegangen. Die Amerikaner hatten die angelegten Vorräte verbraucht und benutzten die Atombunker als Hobbykeller. Wenn mein Bruder nachts zur Toilette ging und an der Wendeltreppe die Dachbodentür, wie von Geisterhand bewegt, ins Schloß fallen hörte, sang er nicht mehr ängstlich »Ein feste Burg ist unser Gott«. Er sang jetzt »All of me, why not take all of me«. An ausgewählten Abenden stellten wir den Südwestfunk Baden-Baden ein, und während wir Jazz-Sendungen lauschten, schlug er mit den Händen zwei verschiedene Rhythmen auf der Tischplatte. Meine Mutter bereitete den nächsten Arbeitstag am Webstuhl vor, zupfte Schafwolle zurecht oder nähte Flicken aneinander und dachte sich Weihnachtsgeschenke aus. Sie hatte einen dunkelroten Dual-Plattenspieler mit zwei Geschwindigkeiten angeschafft und bestellte fortan Platten, die im Radio besprochen worden waren. Die erste Schallplatte, die zu Weihnachten von der Postfrau gebracht wurde, zeigte auf dem Umschlag eine schwarze Frau im schulterfreien Abendkleid. Das Licht fällt auf ihre Wangen und über den Nasenrücken, läßt Straß in ihrem straff zurückgekämmten Haar, auf einem Ohrring und auf einem Collier aufblitzen und streift in Wellenlinien ein Mikrophon. An ihrem rechten Handgelenk funkelt ein Armreif. Der Kopf der Sängerin neigt sich nach links, die Augen halb geschlossen. Auf den wenig geöffneten Lippen liegt ein starker Glanz. Ihr Gesang scheint schmerzlich und doch leicht wie eine Klage aufzusteigen, ohne Anstrengung, hingegeben an ein unausweichliches Leid.

Heute wüßte ich gerne, ob meine Mutter lediglich der Empfehlung aus dem Radio folgte, als sie die Platte bei der Jazztone Society anforderte, oder ob sie beim Hören der Stimme von Billie Holiday dem traurig-süßen Sog von »Yesterday«, »Lover come back to me« und »Strange Fruit« erlag.

Sich selbst schenkte sie zu Weihnachten einen Roman, den die Frankfurter Allgemeine Zeitung als »erregend« angepriesen hatte: *Die Haut* von Curzio Malaparte. Sie hatte gehofft, das Buch würde ihr über die Trauer hinweghelfen, die alljährlich während der Weihnachtstage in ihr hochstieg, über das Gefühl des Alleinseins, das sie bei Familienfesten stärker als sonst empfand. Als sie aber von einem italienischen Familienvater las, der die Jungfernhaut seiner Tochter von kriegsmüden amerikanischen Soldaten gegen Geld betasten läßt, schlug sie das Buch zu und ließ es auf dem Kirschbaumtischchen meines Vaters neben anderen Weihnachtsgeschenken liegen. Und dort lag es noch, als eine dunkelrote Limousine die Schloßgasse heraufkam.

Monate zuvor, es war noch warm gewesen, hatte sie sich nichts dabei gedacht, als derselbe dunkelrote Wagen, von einem Chauffeur gelenkt, in den Hof einfuhr. Sie war auf dem Weg in die Waschküche, als ein älterer Mann in feinem, hellgrauem Flanell ausstieg und auf sie zukam. Wie sie es gern tat, hatte sie ihm, auf seine Frage antwortend, von der Geschichte der Burg erzählt, die verschiedenen Erweiterungsbauten geschildert, die die Anlage zu einem größeren Schloß mit Treppentürmen und einem Sandsteinportal am Eingang ausdehnten, bis dann der Dreißigjährige Krieg alles außer dem Marstall, in dem wir lebten, in eine Ruine verwandelte. Auch von Napoleon war die Rede gewesen, der die Burg einmal als Witwensitz für seine Schwester Paulette vorgesehen hatte. Am liebsten verweilte sie bei den ersten Jahren des sechzehnten Jahrhunderts, genauer, bei einem Morgen des Jahres 1505, als ganz in unserer Nähe ein schmächtiger Ritter mit dem Namen Ulrich von Hutten von der Burg seiner Eltern hinabritt, um sich auf den Weg in ein Kloster im Bayrischen zu machen, aus dem er aber sogleich wieder entfloh. Meine Mutter war davon überzeugt, daß er an jenem Morgen, den sie sich immer kalt vorstellte, an unserer Burg vorbeigekommen ist, obwohl der direkte Weg über Gundhelm, Oberkalbach, Mittelkalbach, Kalbach und Niederkalbach führte. Bei uns vorbeizukommen hätte einen Umweg bedeutet, den meine Mutter aber für wahrscheinlich hielt, da die ausgedehnte Familie des Ritters gegenüber der Burg am Eschenberg einen Gutshof besessen hatte, der später in Flammen aufgegangen war. Ausgerechnet in unserer Gegend, auch das stand für sie fest, habe er sich, bevor er das Kloster im Bayrischen erreichte, jene Krankheit geholt, an der er nach einem kurzen heftigen Leben – zwischen Studien in Bologna, philosophischen Disputen, Aufruhr und Wegelagerei – als Vogelfreier, den jeder hätte erschlagen können, auf einer Insel im Zürichsee zugrunde ging.

Daß dieses Leben in unserer Nachbarschaft seinen Ausgang genommen hatte, begeisterte sie immer aufs neue, wenn ihr Blick über die Hügel und Wälder schweifte, die einst auch Ulrich von Hutten vor Augen gehabt hatte. Sie ging sogar soweit, die Entstehung seines berühmten Gedichts »Ich hab's gewagt« in jenen frühen Morgen zu verlegen, und manchmal, wenn sie an ihre und unsere Zukunft dachte, machte sie sich mit diesen Worten Mut.

Dann war sie weiter Richtung Waschküche gegangen. Der Mann im hellgrauen Flanell hatte ihr noch einen Moment nachgeschaut, was sie aber nicht bemerkte.

## XIV

Später schämte sich meine Mutter, wenn sie daran dachte, daß der Blick des Mannes, der die gleiche Zeitung las wie sie, auf das schwarze Buch gefallen und ein leichtes Erstaunen über sein Gesicht geglitten war. Es war das Wort »erregend« aus der Besprechung, durch das sie sich bloßgestellt fühlte. »Die Fama«, sagte der Mann, nachdem er geklopft hatte, »hat mir berichtet, daß Sie weben.« Er besitze ein Landhaus in der Nähe der Kreisstadt, für das er Teppiche benötige. Wer ihm diese Information gegeben hatte, konnte meine Mutter nie herausfinden, denn niemand, den wir kannten, wußte etwas über ihn.

Ich bin mir nicht sicher, ob wir jemals in diesem Landhaus gewesen sind, ob es innere oder äußere Bilder sind, die meine Erinnerung beherrschen, ob ich das Landhaus wirklich einmal gesehen habe oder ob bereits das Wort ausreichte, um eine unerfüllte Sehnsucht auszulösen. Wenn ich die Landkarte meiner Kindheit absuche, stoße ich auf die kleine Bahnstation, an der der Liebhaber von Claire ausstieg, die Praxis des Hausarztes, die Villa des Chirurgen, das Hofgut des Fliegers, die Baracke des Wunderheilers, die Sieben Buchen, das Kloster mit dem van Dyck. Aber wie genau ich auch suche, ich finde keinen Ort am Flußlauf der Kinzig, entlang der Deutschen Märchenstraße, der die Bilder der Verheißung auszulösen vermag, die ich seither mit diesem Haus verbinde. In wiederkehrenden Träumen gehe ich auf das Haus zu, das auf einer Anhöhe liegt, verliere mich in Wintergärten und Räumen mit hellen Vorhängen, die ein Sommerwind so sanft bewegt, wie er es in der Wirklichkeit dieser rauhen Landschaft niemals tat.

Eine Zeitlang rechnete meine Mutter mit einem Auftrag. Er hätte der größte werden sollen, den sie je erhielt. In Gedanken stellte sie Materialien und Farbtöne zusammen, kalkulierte, wann sie mit dem Weber aus dem Tal neue Kettfäden aufziehen mußte, und plante Anschaffungen von dem Geld, das sie verdienen würde. Doch das Landhaus blieb ein uneingelöstes Versprechen, denn der Mann im grauen Flanell kam nie mehr darauf zurück.

Nach Weihnachten setzte ununterbrochener Schneefall ein, dann kam der Frost. Mittags stieg die Postfrau die vereisten Gassen hoch, um längliche, mit schwarzer Tinte beschriebene Umschläge zu überbringen. Ein Frankfurter Absender. Am Kopf der eng beschriebenen Seiten das hauchdünn geprägte Porträt des Mannes, der aus der Ferne seines Alters einen Dialog mit meiner Mutter begann. Es mußte viel überbrückt werden in diesen Briefen: der Weg zu unserem ummauerten Leben, den Schnee und Eis zumindest für eine Weile schwer passierbar machten, die Jahre und die in den Jahren festgeschriebenen Erfahrungen, die beider Blickrichtung bestimmten. Meine Mutter war mit der Zukunft beschäftigt, mit dem, was vor ihr liegen könnte. Während er vor einem sich zuziehenden Horizont auf das sah, was noch gegenwärtig war. Aus seiner Vergangenheit erfuhr sie nur Bruchstükke: Jahre als Präsident der Handelskammer, Dunkelhaft bei den Nationalsozialisten. Keine Zeugen seiner Geschichte, keine Spuren einer Familie, nur, wie sie es empfand, eine große Einsamkeit.

Im Frühling lud er sie zu einer Reise nach Düsseldorf ein. Sie nahm die Pumps und das Shantung-Seidenkleid mit, das sie seit der Hochzeit der Tochter des Schönheitschirurgen nicht mehr getragen hatte. Mein Bruder und ich zogen wieder ins Tal zu der Frau aus dem Sudetenland und aßen die Forellen, die ihr Mann am Ufer der Sinn mit der Hand gefangen und auf einem Stein erschlagen hatte.

Eine Woche später kam meine Mutter zurück. Sie holte meinen Bruder und mich mit dem alten Mann im dunkelroten Mercedes vor der Schule ab. Zu Hause packte sie die Dreiviertelhose aus, die Schuhe mit den Kreppsohlen und die karierten amerikanischen Socken, die sie mir mitgebracht hatte. Sie waren in einem Hotel auf der Königsallee abgestiegen. Dann hatte sie mit ihm Orte ihrer Kindheit und Jugend aufgesucht – das Haus in der Heinrichstraße, in dem sie geboren war, das Haus in der Brehmstraße, in das sie zogen, als ihr Vater 1916 starb, das Muschelrestaurant in der Altstadt, in das meine Großmutter ihre vier Kinder an dem Tag ausführte, an dem sie ihre achtzig Mark Rente abholte.

Der alte Mann hatte ihr seine Fabrik gezeigt, zwei Straßen mit Arbeiterwohnungen, die dazugehörten, und seine Schiffe auf dem Rhein. Er tätigte Geschäfte, bei denen er, wie er sagte, eine Million mehr herausholte als erwartet. Abends führte er sie aus. Er ließ einen Geiger an den Tisch kommen, der für sie »Parlez moi d'amour« spielte. Später hatten sie sehr langsam getanzt.

Als der Sommer kam, brachte die Postfrau kurz vor den Wochenenden schon morgens Eilbriefe. Sie enthielten knappe Mitteilungen, die sein Kommen ankündigten, verbunden mit dem Vorschlag für einen Ausflug am Sonntag. Die wenigen Worte waren graphisch auf dem Briefbogen angeordnet, von links oben nach rechts unten oder mit einem Wort beginnend und sich zu einer Pyramide erweiternd, manchmal formten sie ein Quadrat in der Mitte des Papiers.

Mein Bruder übte an Nüssen, wie man Austern öffnete. Ich bügelte einen Stufenrock, den ich mir genäht hatte, und band die Haare zu einem Pferdeschwanz. In den ersten Julitagen, eine Woche vor meinem Geburtstag, nahmen wir nicht den Weg über die Kreisstadt, wie sonst auf unseren Ausflügen, sondern folgten den Ufern der Sinn. Kurz vor einen Badeort mit Sole-Quellen bogen wir in einen Park mit einem langgezogenen schloßähnlichen Gebäude ein, das zum Hotel umgewandelt worden war. Ein nahezu menschenleerer Ort. Im riesigen Speisesaal mit hohen Spiegeln sitzen wir als einzige Gäste inmitten endloser Reihen weißgedeckter Tische. Drei schwarze Schatten huschen um uns herum und verschwinden abwechselnd in der Tiefe des Saals, von wo aus einem Kofferradio gehetzte Sprachfetzen herüberdringen. Von oben bis unten, hatte der alte, reiche Mann gesagt, alles was auf der Karte stand, sollten wir bestellen. Ganz oben steht Schildkrötensuppe, serviert in einer kleinen Tasse von einem schwarzen Schatten, der sogleich wieder in Richtung Radio davoneilt. Die Stimme im Radio wird lauter bis sie sich überschlägt: »Tooor; Toor! Tor für Deutschland!« Die schwarzen Schatten fallen sich zwischen den Spiegeln in die Arme. Mein Bruder zappelt mit den Beinen unter dem Tisch. Der alte Mann hebt sein Glas. Meine Mutter lacht, und ich weiß nicht, ob sie dachte: »Wir sind wieder wer.«

## XV

Am Tag, an dem wir Weltmeister wurden, hatte der Mann mich gebeten, zehn Geburtstagswünsche auf eine Liste zu schreiben, von denen er mir einen erfüllen wollte. Ich wurde vierzehn Jahre alt, und auf der Liste stand ein Federballspiel, ein Matchsack, ein Paar Shorts, eine Sonnenbrille, ein gelber Nicki mit Nickituch, Badesandalen, ein Wasserball, ein Drehbleistift, eine Taschenlampe und etwas, was ich vergessen habe. Am Morgen brachte die Postfrau einen Eilbrief mit seinen Glückwünschen, die in Form einer Treppe von links oben nach rechts unten geschrieben waren. Am Nachmittag erschien er selbst und schickte meinen Bruder und meinen Freund, der aus der Kreisstadt mit dem Fahrrad gekommen war, hinunter in den Hof, um das Auto auszuladen. Er hatte alle Wünsche, die auf der Liste standen erfüllt. Ich saß wie gelähmt vor den vielen Dingen, während er meine Hände fotografierte, die, wie er sich ausdrückte, zum Arbeiten nicht geschaffen seien.

Nach meinem Geburtstag brach mein Bruder mit dem Fahrrad in die Sommerferien nach Italien auf. In aller Frühe rollte er die Schloßgasse hinab und bog in die Serpentinen ein. Meine Mutter und ich verfolgten seinen in rasender Abfahrt flatternden Wimpel. Wir standen am Küchenfenster und winkten, bis er nicht mehr zu sehen war. Er antwortete mit seiner Klingel aus immer größerer Entfernung. Von der Ruine aus konnten wir ihn durchs Fernglas die Brücke im Tal überqueren sehen. Er radelte am rechten Ufer der Sinn entlang ins nächste Dorf und traf seinen Freund, mit dem er gemeinsam den Weg in den Süden einschlug.

Wenige Tage später lud mich der alte Mann ein, mit ihm für die letzte Ferienwoche von Frankfurt aus auf eine Nordseeinsel zu fliegen. Auf den Briefbogen hatte er ein kleines Flugzeug gezeichnet, in dem zwei Köpfe zu sehen waren. Zuvor aber wollte er meiner Mutter und mir Frankfurt zeigen. Mit dem Chauffeur holte er uns in dem dunkelroten Wagen ab. Essen im Frankfurter Hof, danach Einkäufe auf der Zeil. Aus der Begrüßung im Schuhgeschäft konnte man schließen, daß es ihm gehörte oder er zumindest große Anteile daran besaß. In meinem bisherigen Leben hatte es je ein Paar Sommer- und Winterschuhe gegeben und seit neuestem ein paar schwarze Slipper für festliche Gelegenheiten. Jetzt sollte ich wählen zwischen gelben und schwarzen Ballerinas mit Schleifchen an der Ferse, weißen Schuhen mit Prinzeßabsätzen, roten Sandalen, die die Zehen frei ließen, Sandalen mit Keilabsatz und Riemchen, die gerade in Mode waren, und klassischen Halbschuhen. Als ich mich nicht entscheiden konnte, wies er die Verkäuferin an, alle Schuhe, die vor mir standen, einzupacken. Im nächsten Geschäft suchte ich mir ein gelbes Kleid mit weißen Punkten aus, im übernächsten eine weiße Teddyjacke. Während ich anprobierte und meine Wahl vorführte, saß er mit meiner Mutter, die sich nichts von ihm kaufen ließ, auf hellblauen Kunstlederstühlen und beschrieb ihr die Hose, die er, wie er es sich vorstellte, für mich bei seinem Schneider anfertigen lassen wollte – knapp sitzend, aus Gabardine, wie die Hosen der amerikanischen Besatzungssoldaten im Sommer.

Sein Haus, noch halb in Trümmern, lag in der Nähe einer Brücke über den Main. Außer ihm schien niemand darin zu wohnen. Eine Treppe ohne Geländer, fehlende Stufen, Einschußlöcher an den Wänden. Wie das Landhaus hat sich auch die Treppe bis heute in meinen Träumen festgesetzt. Ich will hinabsteigen, aber über die Stufen sind nur lose Bretter gelegt, sie geraten ins Rutschen, sobald ich sie betrete. Während ich Stufe für Stufe über einen Abgrund gleite, applaudieren tief unten Menschen, weil sie das, was ich tue, für ein Kunststück halten.

Ganz oben, unter dem Dach, seine Wohnung, wie losgelöst von der Ruine. Keine Spur mehr von Krieg und Zerstörung. Räume voller Kunstwerke, ein Riemenschneider, Gobelins, Gemälde, Bücher. Der alte Mann bereitet ein kleines Essen für uns drei. Im Gästezimmer mit eigenem Bad sind zwei Betten hergerichtet. Uns umgibt eine Fürsorglichkeit, die meine Mutter anrührt. Später bittet er sie, ihm die weißen Shorts vorzuführen, zu denen er sie dann doch hatte überreden können. Sie steht vor ihm, wie ich sie nie vor einem Mann habe stehen sehen. Sie legt die Hände auf die Hüften, dreht sich nach rechts und nach links, dreht sich ganz herum, setzt den einen nackten Fuß schräg vor den anderen wie es die Mannequins tun, während er sitzt und schaut. Aus unüberbrückbarem Abstand betrachtet er eine noch junge Frau mit Augen, die einschätzen, prüfen und werten, wie sie auch mich gewertet, eingeschätzt und geprüft hatten, als ich im gelben Kleid vor ihm stand und nicht wußte, galt sein Blick ihr oder bereits mir. Am nächsten Morgen, während wir beim Frühstück saßen, sagte ich die Reise auf die Nordseeinsel ab.

Der Chauffeur brachte uns wieder nach Hause. Die Elster saß auf dem Rotdornbaum unter unserem Fenster und flog aufs Fensterbrett, sobald sie unsere Anwesenheit bemerkte. Mein Bruder hatte es bis in die Poebene geschafft und war zurückgekehrt. Die Schule hatte begonnen, der Herbst kündigte sich an. Ein letztes Mal fügten wir uns dem Kreislauf des Jahres. Holz mußte beschafft, gesägt, gehackt und geschichtet werden, und meine Mutter kalkulierte, ob Rente und neue Aufträge ausreichen würden für alles, was der Winter forderte.

Als der Brief des reichen alten Mannes kam, hätte es einen Ausweg gegeben. Er wollte meiner Mutter die Burg, die zum Verkauf stand, schenken und für unser Leben sorgen, wenn sie seine Geliebte würde. Ich weiß nicht, was meine Mutter antwortete, ob sie es überhaupt tat. Von ihm aber kam ein letztes Lebenszeichen, ein

Wort nur, in der Mitte des Blattes, mit einem Fragezeichen versehen: »Schweigen?« Eine Weile erinnerten die Dinge noch an ihn, aber je mehr Zeit verging, um so unwirklicher wurde es, daß er einmal in unserem Leben aufgetaucht war. Nach ihrem Tod gibt es nichts mehr, was auf die Existenz dieses Mannes hinweist. Kein Foto in ihrer Schreibtischschublade, wie das meines Onkels an der Reling eines Segelboots, keine Briefe, wie die wenigen vom Amerikaner, von Claires Liebhaber oder die mit der gestochenen Handschrift des Flötisten.

# XVI

Am Volkstrauertag des Jahres 1954 stand meine Mutter mit schwarzer Kappe und Schleier am Rand des Dorfes, dort, wo die Straße rechts ins Bayrische hinaufführt, zur Beweinung Christi des Anthonis van Dyck, und links geradeaus hinunter auf das alte Herrenhaus zu. In strömendem Regen hielt der Bürgermeister eine Ansprache zur Einweihung des Kriegerdenkmals. Er gedachte der achtzehn Toten aus dem Zweiten Weltkrieg, zu denen jetzt auch mein Vater zählte. Trotz seiner aufmunternden Geste blieb meine Mutter abseits stehen und versuchte, die Vorstellung nicht aufkommen zu lassen, wie der Körper meines Vaters irgendwo bei Bjelgorod in Weißrußland in einem Massengrab verscharrt worden war. Jetzt konnte man wenigstens seinen Namen lesen. Sie empfand dies als eine Geste der Einbürgerung und zugleich als Abschied. Vielleicht nicht endgültig, aber nun war sein Tod festgeschrieben auf einer schwarzen Glasplatte.

Ich weiß nicht, ob meine Mutter über die seltsame Gleichzeitigkeit sich widersprechender Bewegungen nachdachte, die sich im Herbst 1954 in ihrem Leben abzeichnete. Während sie, noch kaum merklich, zum Sprung ansetzte, wollte anderes sie binden – ein golden gravierter

Namenszug, der ihrer Vergangenheit einen Rahmen gab, und das Angebot, mit dem der reiche alte Mann versucht hatte, von ihr das zu erlangen, was sie nur freiwillig zu geben bereit war. Er hatte das schwere Gewicht der Sicherheit in die Waagschale gelegt, vermehrt um den Ort, den sie immer als den schönsten ihres Lebens empfand. In der anderen Waagschale aber lag jetzt Unabhängigkeit.

In diesem Herbst stieß sie auf einen Artikel in der Frankfurter Allgemeinen Zeitung, der ihr Leben veränderte. Auch wenn ihr Abitur viel zu lange zurücklag, könne sie sich jetzt, so hieß es, wieder an einer Hochschule oder Universität einschreiben. An einem Wintermorgen zu Beginn des folgenden Jahres stieg sie im Pelzmantel zu uns in den Schulbus und fuhr von der Kreisstadt weiter in die Landeshauptstadt. Im Kultusministerium besprach sie ihren Fall. Zurück kam sie mit dem Plan, einen Faden wiederaufzunehmen, der Anfang der dreißiger Jahre abgerissen war.

Wieder gab sie Auskunft über ihre Vergangenheit im Nationalsozialismus. Sie hatte den Fragebogen schon einmal beantwortet, als die Amerikaner kamen. Damals war sie im Dorf die erste gewesen, die den sogenannten Persilschein bekam, der sie als »nicht belastet« erklärte. Aber sie fühlte sich schuldig, und die Last dessen, was sie auf ihre Weise mitgetragen hatte, wog mit zunehmendem Wissen schwerer. Sie war nicht kühn gewesen, wie ihre schöne Schwester, die bei einer Hausdurchsuchung das

*Kommunistische Manifest* in ihre Handtasche gesteckt und lächelnd hinausgetragen hatte. Wenn sie mit den jungen Mädchen nach der Feldarbeit in dem alten Herrenhaus Heinrich Heine und Franz Werfel las, wollte sie damit nicht die neue Ordnung in Frage stellen. Sie folgte nur ihrem Gefühl und tat das, was sie vorher getan hatte. Für ihr Gefühl war es später auch selbstverständlich, daß sie Häftlingen, die bei Eiseskälte die Straße in der Nähe ihres Hauses aufrissen, Decken und ein tragbares Öfchen mit glühenden Kohlen brachte. Aber sie fragte sich nicht, woher die ausgemergelten Menschen in den dünnen Jacken und Hosen kamen und wohin sie gebracht wurden. Ich weiß nicht, ob es nur Angst war, die sie schweigen hieß. Seit sie in der Jugendbewegung gewesen war, galt ihr die Gemeinschaft als Wert, den sie, im Gegensatz zu ihrer Schwester, über ihre persönlichen Wünsche und Vorstellungen stellte. Sie begehrte nicht auf, wie ihre Schwester es tat. Auf ihr lastete ein Pflichtbewußtsein, das mögliche Fragen erstickte. Als sie das Ausmaß dessen begriff, was auch unter ihren Augen geschehen war, entschied sie, daß es nicht genügt hatte, kein Parteimitglied gewesen zu sein, und sie beantwortete die Frage danach im Bewußtsein ihrer Zeitzeugenschaft. Was sich nicht in den Fragebogen einfügen ließ, war die Tatsache, daß sie dem »Führer« einmal auf einem Feldweg begegnet war. Da mußte sie sich eine von seinen Augen ausgehende Faszination eingestehen, die sie auch später nicht von sich weisen konnte.

Im Frühling 1955 war die Elster verschwunden. Sie saß nicht mehr auf dem Rotdornbaum und kam auch nicht mehr ans Fensterbrett, wenn wir in den Abendstunden nach ihr riefen. Nach Ostern packten meine Mutter, mein Bruder und ich Kleidungsstücke ein, die bis zu den Sommerferien reichen sollten. Unsere Wege trennten sich. Mein Bruder zog zu dem Freund, mit dem er in Italien gewesen war. Für mich wurde ein Platz bei einer Fürsorgerin in einer Neubausiedlung nahe der Schule gefunden. Meine Mutter war an einer Hochschule unweit von Darmstadt zugelassen worden. Sie übernahm die Leitung eines Studentenheims und begann auf einem Schloß, von dem man bis in die Rheinebene schauen konnte, mit dem Pädagogikstudium.

Ich kann mich nicht erinnern, ob es wieder die Frankfurter Allgemeine Zeitung war, die das Buch empfahl, das meine Mutter mir gab, bevor sie in den Zug stieg. Es mag sein, daß sie es nur des Titels wegen – *Der große Kamerad* – ausgesucht hatte, nicht ahnend, daß mich der Gedanke daran mein ganzes Leben begleiten sollte. Als ich Jahre später wieder nach dem Buch suchte, war es unter dem Titel erschienen, der das französische Original direkt übersetzte: *Der große Meaulnes* von Alain-Fournier.

Das Leben bei der Fürsorgerin war trostlos. Ich fühlte mich verlassen und einsam. Das Buch nahm ich mit in den Schlaf, wenn ich im Wohnzimmer der Fürsorgerin in mein Bett auf dem Sofa kroch. In den Monaten bis zum Sommer hielt ich mich an das Gefühl von Abschied und

Aufbruch, das die Geschichte eines Jungen am Ende seiner Kindheit erwartungsvoll und schmerzlich durchweht. In meiner Erinnerung blieben Bilder von Abendstille über dem Dorf, vom Warten auf die Sommerferien und den großen Meaulnes, den geheimnisvollen Freund, der eines Tages zurückkehren und die Straße heraufkommen wird und dessen Erscheinen ein neues Leben verspricht.

# XVII

Das Gepäck unseres Lebens war leicht geworden. Wir brachten es unter in einem mahagonifarben getäfelten Zimmer mit einem eingebauten grauen Hirschledersofa. Zu dem Zimmer gehörte eine Treppe mit zwei ausladenden Podesten. Die Treppe führte ins Souterrain hinab, wo es einmal eine riesige gekachelte Küche gegeben hatte, in der jetzt niemand mehr kochte, auch meine Mutter nicht. Auf dem einen Podest stand mein Schreibtisch aus Palisanderholz, ein Geschenk zu meinem fünfzehnten Geburtstag, auf dem zweiten Podest war eine Schreibplatte für meinen Bruder mit modernen schwedischen Stringregalen an der Wand befestigt. Meine Mutter schlief auf dem Hirschledersofa, ich auf einem zusammenklappbaren Bett, das tagsüber beiseite geschoben wurde. Mein Bruder teilte sich ein Zimmer mit einem Studenten, wenige Minuten entfernt. Nachts begleiteten wir ihn mit dem kleinen Hund zu seiner Schlafstätte durch einen weitläufigen Park. Es war Sommer, das frisch gemähte Gras duftete. Wenn wir am Gärtnerhaus vorbei durch das offene Tor wieder zurückkamen, sahen wir die riesige Villa mit Türmen und Terrassen vor uns liegen, hinter deren zahllosen erleuchteten Fenstern die Studentinnen wie in einem amerikanischen College zu mehreren in einem Zimmer wohnten.

Ein Teil der Lehrveranstaltungen fanden in unserem Haus statt. In den Sälen im Parterre unterrichtete ein Professor, der auch komponierte und seine Werke dort mit Studenten einstudierte. Im Souterrain waren Werkstätten eingerichtet, geleitet von der Tochter eines ortsansässigen Kunsthistorikers, der ein berühmtes Buch über Leonardo da Vinci geschrieben hatte, aber als bekennender Kommunist im Ort gebrandmarkt war. Abends, wenn Hämmer, Sägen und Klavierübungen verstummt waren, saßen wir in der Eingangshalle vor dem Kamin ohne Feuer und dachten uns eine Zukunft aus, in der wir am Wirtschaftswunder teilhätten und meine Mutter bald in einem Volkswagen die Autobahn entlangbrausen würde.

Das Leben hatte eine Geschwindigkeit angenommen, die uns veränderte. Meine Mutter war jünger geworden, ich älter. Sie schaute nicht mehr vom Küchenfenster aus zu, wie sich die Autos, Motorräder oder Pferde ihrer Liebhaber langsam von ihr entfernten. Sie war jetzt selbst in Bewegung, mitten unter jungen Menschen. Auch meine Tage waren angefüllt mit Ereignissen, morgens Schule in der nächsten Kleinstadt, mittags Mensa mit Studenten, abends Filmclub, Konzerte im Haus oder Tanzstunde in den früheren Ballsälen und die Erörterung endloser Liebeshändel der Hausbewohnerinnen.

In den Semesterferien waren alle Zimmer verlassen,

und das Haus wurde an die Kranichsteiner Musiktage vermietet. Luigi Nono und der vor kurzem aus Ungarn geflüchtete György Ligeti probten mit ihren Musikern auf dem Flügel im Saal, während ich von der Halle aus den verstörend neuen Klängen lauschte. Ein Studentenchor aus den Vereinigten Staaten zog mit Solosängern für die Dauer der Musiktage ein. Ihr Dirigent war vor den Nazis geflohen und kehrte jetzt zum erstenmal wieder nach Deutschland zurück. Sie führten in Kranichstein nicht nur Stockhausens *Gesang der Jünglinge* auf, sondern am Rand der Veranstaltungen in einer Kirche auch Mozarts *Krönungsmesse*. Das »Agnus Dei« erschien mir als die schönste Musik, das ich je gehört hatte. Dennoch konnte ich nicht davon lassen, meine Aufmerksamkeit statt auf den Gesang selbst auf den amerikanischen Akzent der Solistin zu richten, deren »agnus dei« in meinen Ohren wie »agnus day« klang. Als alle abgereist waren, trat wieder völlige Stille ein. Dann wanderten wir durch die Stockwerke, schliefen in allen Zimmern, badeten in allen Bädern, probierten die zurückgebliebene Bodylotion der Sängerin aus und spielten ein Spiel von Besitz und Bleiben. Monate später bekam ich ein Paket vom Dirigenten aus Boston: ein hellblaues Taftkleid, das seine Tochter beim Abschlußball am Ende der Highschool getragen hatte.

Während das Leben auf der Burg vom Ablauf der Jahreszeiten bestimmt war, aus dem es kein Entrinnen gab, verwischten sich jetzt alle Grenzen, auch die von Wärme und Kälte. Wenn ich die roten und gelben Blätter im Park harkte, ging der Sommer sanft in den Spätsommer und dann in den Herbst über. Auf dem Weg zur Mensa, auf dem Heiligenberg, verströmte der Buchenwald im November eine süße Melancholie, ohne die Einsamkeit des nahenden Frosts. Wie von unsichtbarer Hand war die Heizung in Gang gesetzt worden, irgendwann lag Schnee im Park und verschwand so unauffällig, wie er gekommen war. Und eines Tages war die Kirschblüte da, bevor ich sie herbeigesehnt hatte. Nur zwei Ereignisse erschütterten unser neues, leichtfüßiges Dasein.

Ein nicht vorhergesagter Frühlingssturm hatte im Park zuerst die Fliederblüten von den Büschen gepeitscht und danach in Sekundenschnelle den riesigen morschen Ast von einer uralten Eiche abgespalten. Der Ast hatte den halben Stamm mitgerissen und war auf einen Lloyd gekracht, den der Gärtner für einen Augenblick unter dem Baum abgestellt hatte. Er bedeckte den Kleinwagen so vollständig, daß man erst, nachdem die Äste beseitigt worden waren, darunter die wie ein Brett in den Kiesweg gerammte Karosserie ausmachen konnte. Im darauffolgenden November fand meine Mutter den mir als sanft und liebenswürdig im Gedächtnis gebliebenen Gärtner im Heizungskeller, wo er die Wärme noch am späten Abend gedrosselt hatte, um dann in einsamer Nacht Gift zu sich nehmen. Sein Körper war von dem in jenen Jahren dafür häufig verwendeten Pflanzenschutzmittel so angeschwollen, daß man ihn in keinen Sarg legen konnte, ohne ihm noch einmal, obwohl er es nicht mehr spürte, Gewalt anzutun.

In dieser Zeit gab es keine Liebesgeschichten im Leben meiner Mutter. Sie hatte Heinrich Bölls Roman *Haus ohne Hüter* gelesen, und die Probleme einer »vaterlosen Gesellschaft« und ihre Folgen wurde für sie zum wichtigsten Ausgangspunkt ihrer Gedanken, wenn sie nachts allein in der Halle saß und Referate schrieb. Es gab Kommilitonen in ihrem Alter, die ihr gern bei den Sommerfesten oder beim Fasching nähergekommen wären, wenn sie noch einmal das bestickte Mieder und den Rock mit dem leuchtenden Saum anzog. Aber auch Lehrer hatten, wie Forstmeister, einen schlechten Stand in den Augen meiner Mutter, so daß der Gedanke an eine Annäherung von ihr niemals in Erwägung gezogen wurde. Vielleicht deshalb, weil es für sie nur einen Lehrer gegeben hatte, der ihren Vorstellungen vom Pädagogen entsprach – das war ihr Vater, mein Großvater. Ihn hatte sie vor Augen, wenn sie Pestalozzi und Montaigne las. Hinter den Kindern gehen, nicht vor ihnen, hatte Montaigne geschrieben, sich zu ihnen herabbeugen. Das verband sie mit ihrem Vater, der beim Spaziergang Unterricht im Gespräch gegeben hatte. In der Schule, die er später leitete, ließ er vor dem Ersten Weltkrieg die Schüler mitbestimmen, und während des Kriegs führte er auf eigene Kosten Schulspeisungen ein, die meine Großmutter, als er kurz darauf starb, in Raten abzahlen mußte. Obwohl meine

Mutter an ihren Vater eine ebenso ferne Erinnerung hatte wie ich an den meinen, richtete sie dennoch ihr Maß aus an dem, was sie von ihm erfahren hatte, und unter den Lehrern, die ihr Avancen machten, gab es keinen, der dieses Maß erfüllte.

Eines Tages tauchte unverhofft und ein allerletztes Mal der Liebhaber von Claire auf. Von der Terrasse aus sah ihn meine Mutter den Rundweg zum Haus heraufkommen, während ich im unbenutzten Musiksaal an einer Jahresarbeit über das Menschenbild bei Bertolt Brecht schrieb. Ich weiß nicht, ob er noch einmal um meine Mutter warb oder ob sein plötzliches und unangemeldetes Erscheinen auch dem Einlösen eines Versprechens galt, das er mir an einem Geburtstag vor mehr als einem Jahrzehnt gegeben hatte – mich noch einmal zu sehen, bevor ich zwanzig Jahre alt sein würde. Sein Leben, er war jetzt Ende Dreißig, hatte in der Position eines hohen Richters unverrückbar feste Formen angenommen, während das meiner Mutter, die auf die Fünfzig zuging, alle Formen, auch die wenigen, auf die unser Dasein in der Burg gegründet war, hinter sich gelassen hatte. Sie war im Aufbruch, und alles war neu, während er an einem Ziel angekommen zu sein schien, für das ihm nur noch eine Frau fehlte. Die letzte Erinnerung an ihn, die sich an einer Täuschung festmachte, galt seiner Stimme, der meine Mutter einst so gerne gelauscht hatte und die sie jetzt für die eines Rundfunksprechers hielt. »Mach doch das Radio aus«, rief sie von der Terrasse aus durch das geöffnete Fenster, während er versuchte, mir in einem geschliffenen Monolog klarzumachen, daß von der Vision des Kommunisten Brecht keine bessere Welt zu erwarten sei.

## XVIII

Abschiede vollziehen sich in Stufen. Als meine Mutter meinen Vater auf der Tafel des Kriegerdenkmals zurückließ, war sie bereit für einen Neubeginn. Noch immer aber schalteten wir das Radio ein, wenn die Listen der Heimkehrer verlesen wurden. Beim Buchstaben »R« unterbrachen wir unauffällig, was wir gerade taten, und später hielt ich im Kino ihre Hand, als Tatjana Samoilowa in *Wenn die Kraniche ziehen* mit einem Strauß weißer Blumen am Soldatenzug entlangläuft und vergeblich nach ihrem Liebsten sucht. Es muß in jener Zeit gewesen sein, 1957 oder 1958, als ein Architekt, der unseren seltenen Familiennamen trug, eines der ersten höheren Häuser im Frankfurter Bahnhofsviertel baute. Meine Mutter blieb realistisch und hielt sich daran fest, daß es nicht der gleiche Vorname war, während ich mir vorstellte, er wäre mein Vater und wir würden uns heimlich treffen.

Sie dachte jetzt anders an ihn als in den Jahren zuvor. Die kurze Zeit ihrer Ehe hatte zwar ein Gefühl der Unwiederbringlichkeit hinterlassen. Als sich aber die große Trauer in viele kleinere Schmerzen auflöste, stiegen auch Erinnerungen an Einsamkeit und endloses Warten in ihr auf, Warten auf den Mann, der sie mit den Kindern in einem kleinen Haus am See allein gelassen hatte, um Zielen zu folgen, die seine waren, nicht ihre. Sie hatte erfahren, wie schwach und abhängig sie ihre eigenen Vorstellungen vom Glück gemacht hatten. Dahin, das war ihr klar, wollte sie niemals mehr zurück. Und sie wußte auch, daß das, was sie jetzt tat, an seiner Seite nicht möglich gewesen wäre. Im Bild der Jahre, die seit seinem Tod vergangen waren, fand er sich wieder in einer Reihe, in der er zwar den ersten Platz einnahm, aber nicht mehr den einzig möglichen.

Unsere neue Umgebung, das Haus und der Park, ließ sie jetzt öfter als früher zurückdenken an die Rheinuferpromenade in Düsseldorf, wo ein Fabrikantensohn, der sich beim Handballspiel in sie verliebt hatte, von einem Observatorium auf dem Dach seines Elternhauses aus den Stern berechnete, der nachts am anderen Ende der Stadt in ihr Fenster schien. Während ich es bislang lediglich zu einem Freund mit einem alten Damenfahrrad gebracht hatte, fuhr meine Mutter im gleichen Alter mit einem Chauffeur im Maybach in die Oper. Als ihr Verehrer aber noch vor ihrem Abitur die Hochzeitsreise auf der »Bremen« machen wollte, ließ meine Großmutter den Satz vom Schuster und seinen Leisten fallen.

Meine Mutter ist nicht mitgefahren am 16. Juli 1929. Sie stand nicht in dem weißen Leinenkleid, das sie auf einem Foto jenes Jahres trägt, an Deck, als die »Bremen« auslief und in einer Rekordzeit von vier Tagen, siebzehn Stunden und zweiundvierzig Minuten das Blaue Band gewann. Der Satz meiner Großmutter muß sie noch vor etwas anderem als dem Standesunterschied gewarnt haben. Vielleicht rührte er an eine unbewußt erfahrene Erschütterung, an eine nie benannte Angst, die sie ihr ganzes Leben lang begleitete. In der Nacht ihrer Geburt war die Titanic im Meer versunken. Nicht, daß sie jetzt etwas bereute. Aber es kam ihr in den Sinn, daß ihr Leben auch anders hätte verlaufen können und nicht nur Bestimmung und Schicksal sie in die Arme meines Vaters geführt hatten.

Von Pierre, der sich, bald nachdem sie die Schule beendet hatte, in sie verliebte, trennten sie die Sprache, die Kultur und die Landesgrenze. Es war zwar nicht weit von Düsseldorf in das belgische Wasserschloß, wo er Chauffeur war und sie, um die Wartezeit auf einen Studienplatz zu überbrücken, ein halbes Jahr lang die *haute cuisine* erlernte. Dennoch war es ein Grenzübertritt, bei dem man sie für eine Rauschgiftschmugglerin gehalten und eine Nacht lang mit anderen Frauen in eine Zelle gesperrt hatte. Sie war einen Tag später in Tongres angekommen, wo der Graf, den sie für den Kutscher hielt, mehrmals beunruhigt mit einer Chaise am Bahnhof gewesen war. Wenn meine Mutter im Sommer, nachdem sie Dutzende von Wachteln als Vorspeise für ein Dîner zubereitet hatte, die große weiße Schürze und die Haube ablegte, setzte sie sich auf eine Bank, von wo aus sie das Schloß aus einem Abstand betrachten konnte. Sie sah auf einen strengen

Renaissancebau, dessen Fensterläden damals alle geöffnet waren, weil die Familie des Grafen hier den Sommer verbrachte. Unter den unzähligen, nicht voneinander zu unterscheidenden Mansardenfenstern konnte sie das ihrer Kammer kaum ausmachen. Sie gehörte zum Dienstpersonal, war eine von vielen. Für die Stunde des Sonnenuntergangs zog sie ihr Sommerkleid aus Crêpe de Chine und die Schuhe mit den hohen Absätzen an und parfümierte sich mit Eau de Cologne, um den Küchengeruch loszuwerden. Eines Tages setzte sich Pierre zu ihr. Er hatte seine Livrée angezogen, rechnete ihr seine Einkünfte als Chauffeur vor und legte ihr die Unterlagen über den Erwerb eines flämischen Reihenhauses in den Schoß. »Marguerite«, sagte er dann, »donne moi ton cœur.« Als sie das Schloß nach einem halben Jahr wieder verließ und er sie an den Bahnhof in Tongres fuhr, habe er geweint, sagte meine Mutter, und es blieb die Erinnerung an Heuduft und an das Flirren der Libellen über dem Wassergraben.

Die verkrachte Existenz, wie sie den Mann nannte, der auf Pierre folgte, war einer der vier Verlobten ihrer schönen Schwester gewesen. Wie den Flötisten zählte sie auch ihn zu den Fehlgriffen ihres Lebens. Er hatte sich ihr während des Faschingsfestes 1932 genähert, kurz nach ihrer Rückkehr von dem belgischen Wasserschloß. Eine einzige Anekdote über ihn war ihr im Gedächtnis geblieben, die sie je nach Laune mal ausführlicher, mal knapper erzählte. Aber gleichwie, zu Beginn schürte sie eine Hoffnung und hinterließ am Ende eine Qual, die sich als ungeklärter Rest in meinem Leben festsetzte.

Die Geschichte hatte nichts als ein paar Sätze auf einem Zettel zum Inhalt, der dem Mann, den meine Mutter jetzt einen Windhund nannte, in der Pariser Oper von einem Fremden zugesteckt wird. Da er zu wenig Französisch sprach, bat er den Türschließer um eine Übersetzung. Der Türschließer liest, erstarrt und komplimentiert ihn aus dem Foyer heraus. Er fragt einen Taxifahrer, der liest, Gas gibt und davonfährt. Er fragt den Hotelportier, der blaß wird und ihn anweist, das Hotel zu verlassen. Schließlich geht er zur Polizei. Ein Polizist liest, versteinert und rät ihm hinter vorgehaltener Hand, so schnell wie möglich aus Paris zu verschwinden. Ein alter Freund fällt ihm ein, der Französisch spricht. Er nimmt den Nachtzug nach Deutschland und sucht den Freund sogleich nach seiner Ankunft auf. An dieser Stelle nutzte meine Mutter die Gelegenheit, um den Freund, der Kaffee kochte, ins Bild zu setzen. Sie ließ alle Geschehnisse noch einmal abfolgen und zögerte das Ende durch Nachdenken und Innehalten hinaus, bis der Windhund schließlich die Hand zuerst in die linke Brusttasche seines Jacketts gleiten läßt, dann in die rechte, wo er an seine Brieftasche stößt. Sorgfältig öffnet er das erste Fach mit seiner Fahrkarte. Im Fach dahinter die letzten Francs, die er in der Eile nicht mehr hatte ausgeben können. Auf der anderen Seite der Brieftasche sein Paß. Darunter ein kleines verstecktes Fach. Da wußte ich es. Auch diesmal würde meine Mutter den Windhund weiter und immer weiter suchen lassen, denn das kleine Fach, sagte sie, war leer. Das Geheimnis des Zettels aber nahm meine Mutter mit ins Grab.

# XIX

Meine Mutter blieb allein. Nur einmal noch gab ihr ein Mann Zeichen von Liebesgefühlen, doch sie kamen von sehr weit, zaghaft und mit müder Hand. Er war Opernsänger gewesen, aber die Stimme trug längst nicht mehr. Sie wurde vom Rauschen der Wellen übertönt, wenn er ihr am Strand einer adriatischen Insel Arien vorsang und meine Mutter nichts hören konnte und nichts sah als einen flatternden weißen Leinenanzug und stumme Gesten gegen den Wind. In seinem kleinen Häuschen aus Hohlblocksteinen kochte er ihr fein gemahlenen Kaffee in einem Aluminiumtopf mit viel Zucker und blickte zurück auf einen Glanz, der in den Dingen keinen Widerschein mehr fand. Alles, was von Bedeutung war, lag hinter ihm, und wehmütig folgten ihr seine Augen, als sie mit seinem fein ziselierten silbernen Reif am Arm die Treppe zur Fähre hochstieg.

Sie blieb allein während des gesamten Studiums und in der Zeit, in der sie Assistentin an der Hochschule war und auch als sie begann, an einer Versuchsschule zu unterrichten. Viele Jahre später bin ich wieder durch das Schuldorf gegangen. Es sind Sommerferien, und die einzelnen Häuser liegen, durch überdachte Stahlkonstruktionen miteinander verbunden, in der Stille zwischen hohen Kiefern. Ab und zu fliegt eine Krähe auf. Gedämpft dringen Geräusche von einer großen Straße herüber. Alles ist einfach und leicht gebaut, fertig geworden in dem Jahr, als wir die Burg verließen. Gelber Backstein, große Fenster mit dunkel gestrichenen schmalen Rahmen. Nichts Überflüssiges. Fassaden, die die Bauweise erkennen lassen, kein Effekt. Eine Ästhetik der Kargheit und Transparenz. Das Schuldorf liegt da wie eine pädagogische Provinz, ein Flecken zwischen der südwärts verlaufenden Bergstraße und der weiten flachen Rheinebene. Ein Ort des Innehaltens, der Pause, aber nicht abgeschlossen oder losgelöst von der übrigen Welt. Alles wirkt renovierungsbedürftig. Die Sitze im Amphitheater bröckeln. Dennoch ist nicht die betonierte Verwahrlosung wie in Schulen aus den siebziger Jahren am Werk, sondern Spuren des Gebrauchs, die die ursprüngliche Form nicht zerstört haben. An der Außenwand der Aula ein rostiger Orpheus mit Leier, dessen Klage einst, inmitten von Wiederaufbau und beginnendem Wirtschaftswunder, wehmütig an die Vergänglichkeit mahnte. Ich sehe meine Mutter durch die hohen Scheiben der einzelnen Pavillons zwischen den Kindern, die im Kreis um sie herum sitzen, und begreife, welch geringe Aufmerksamkeit ich damals ihrem Tun geschenkt habe. Wie wenig habe ich damals wahrgenommen von der Achtung und Demut, mit der meine Mutter den Kindern begegnete und sich zu ihnen herabbeugte.

1959 zogen wir in unsere erste Etagenwohnung. Jeder bekam jetzt ein eigenes Zimmer, wenngleich das meiner Mutter auch das Wohnzimmer war. Was wir besaßen, war während der Zeit, die wir in dem Haus im Park lebten, noch auf der Burg geblieben, von der wir jetzt ein zweites Mal Abschied nahmen. Als der Möbelwagen an der neuen Wohnung vorfuhr, packten wir zuerst den blauen Elefanten aus: eine Zuckerdose aus dem Besitz meiner morphiumsüchtigen Großmutter väterlicherseits und ein Lieblingsstück meines Vaters aus seiner Kindheit. Sie ging in unseren Besitz über, als meine Großmutter nach Grafenberg in die Heilanstalt eingeliefert wurde, wo sie, im Glauben, eine russische Großfürstin zu sein, zugrunde ging. Wir saßen auf Kisten in geschichtslosen Räumen, tranken Kaffe aus einer Thermoskanne und blickten auf den blauen Elefanten, wie auf ein Stück geretteter Familiengeschichte. Die neue Wohnung hatten wir in Gedanken mit den alten Möbeln aus der Burg eingerichtet. In der Erinnerung haftete ihnen etwas Heimatliches an. Doch bereits als die Dinge ausgeladen wurden, spürten wir die Veränderung. Vier Jahre hatten wir uns im Vorläufigen eingerichtet. In dem Studentenheim hatte uns nichts gehört. Jetzt fand sich die Vergangenheit mit werkgerechten, von meinem Vater entworfenen Möbeln aus deutscher Handwerkskunst wieder bei uns ein, während wir uns längst der industriellen Fertigung und dem Svensk Design zugewandt und ein niedriges graues Sofa, das eher einer Bank glich, per Ratenzahlung angeschafft hatten.

Noch kurz zuvor wäre das, was dann geschah, nicht denkbar gewesen: mit sicherem Blick und ruhiger Hand machte meine Mutter das ästhetische Diktat meines Vaters zunichte. Sie setzte den Fuchsschwanz an und sägte die leicht geschwungenen, in genau berechnetem Verhältnis zum Ganzen stehenden polierten Beine seines Kirschbaumtischchens ab. Plump, aber passend in der Höhe markierte es vor dem schwedischen Sofa einen Einschnitt. Indem meine Mutter das vorgegebene Maß zerstörte, hatte sie meinen Vater endgültig verlassen.

## XX

Der letzte Liebhaber meiner Mutter kam durch das hessische Ried. An kalten Tagen stellte er ein Heizöfchen unter den Motor, bevor er seinen alten Opel Kabriolett aus der Garage heraus auf die gefrorenen Fahrrillen des Sandwegs zwischen seinem Grundstück und den Spargelfeldern lenkte, der den Namen des Dichters Georg Büchner trug. Werktags, wenn er seinem Gelderwerb als Konservator in der Landeshauptstadt nachging, fuhr er durch den sich zu beiden Seiten der Hauptstraße lang hinziehenden Ort. Kurz bevor er zur Autobahn abbog, tauchte dort, wo früher der Galgen stand, ein Gefängnis auf. Wie die meisten, die des Wegs kamen, sah er mit einem leichten Grauen, zugleich aber seltsam angezogen zu der hohen Mauer mit den Sicherheitsanlagen hinüber, als leiste er seinen täglichen Tribut an das Unglück oder die Schuld anderer. Derartige Erscheinungen der Außenwelt waren für ihn, den stets in seine Gedanken vertieften, nur zufällige Spielformen des menschlichen Daseins, auf die er zwar interessiert, doch letztlich unberührt reagierte. Standpunkte zu anderen als Fragen der Kunstgeschichte und Literatur einzunehmen war nicht seine Sache. So galt sein Augenmerk in den meisten Fällen Kirchen, denen er vom Auto aus nachblickte. Lagen sie linker Hand, konnte es geschehen, daß er, in ihren Anblick versunken, auf die Gegenfahrbahn geriet und nur ein Hupen ihn aus seinen Betrachtungen riß. Dann bedankte er sich höflich und zog seinen Hut, ohne den er niemals sein Grundstück verließ.

Als mich meine Mutter im Herbst 1960 in Darmstadt zum Zug brachte und ich mit einem grünen Skai-Koffer nach Berlin fuhr, stand sie in der neuen schwarzen Persianerjacke, die wir zusammen auf Raten gekauft hatten, mit den silbernen Kreolen und ihrem langen, dunklen, im Nacken zu einem Knoten gefaßten Haar am Bahnsteig. In den Semesterferien kehrte ich zurück, und die Haare meiner Mutter waren kurz und lockig.

Wenige Wochen zuvor war sie durch einen Zufall mit dem Konservator aus dem hessischen Ried in der Buchhandlung ihrer Freundin über die *Handschrift von Saragossa* ins Gespräch gekommen. Dem Roman, den ein polnischer Graf als Fund verschollen geglaubter Reiseerinnerungen ausgab, war im Darmstädter Echo »eine, dem *Decamerone* ähnelnde, sogartig wirkende Faszination« zugeschrieben worden, der meine Mutter und der Konservator offenbar bereits verfallen waren. Er hielt sie zunächst für die Eierfrau vom Kühkopf, eine Gutsbesitzerin, die von einer Halbinsel im Altrhein aus die Buchhändlerin mit Gemüse und Eiern belieferte. Meine Mutter hatte durch die neue Frisur etwas Gediegenes und Bodenständiges bekommen, wenngleich sie noch eine Weile die spöttische und ironische, manchmal auch ein wenig frivole Ausdrucksweise beibehielt, hinter der sie zwanzig Jahre lang den tiefsten Schmerz ihres Lebens verbarg.

An den Wochenenden des folgenden Jahres zeigte er ihr zunächst die nähere Umgebung um sein Anwesen bis zum Moor und zum Altrhein, wo die Calla in Blüte stand. Dann bis zu seinem Elternhaus südlich von Darmstadt, wo er mit seinen beiden Brüdern in den zwanziger Jahren ein unbeschwertes Leben im Kreis der »Animalisten« geführt hatte, einer Künstlergruppe, die sich mit der Erforschung der Seele beschäftigte und die Natur und die Vollkommenheit des Tieres bewunderten. Vor allem aber verehrten sie Hans Henny Jahnn, den sie Henny nannten. Der eine Bruder gab eine Zeitung heraus, der andere wurde Schriftsteller, und er, der Konservator, hatte jahrelang alles mögliche studiert, von Chemie über Nationalökonomie, Psychologie, Philosophie und Kunstgeschichte, bis sein Doktorvater in Pension ging, und die Weltwirtschaftskrise alles Geld verschlungen hatte.

Meine Mutter zeigte ihm das Haus im Park. Sie stiegen durch den Buchenwald zur Hochschule hinauf und sahen von dort hinüber in seine Gegend zwischen den Armen des Rheins. Obwohl nur wenige Kilometer entfernt, war es doch eine ganz andere Landschaft: von Sümpfen durchzogen, mit einem Himmel ohne Horizont und flacher als am Hang der Bergkette, wo die Sonne zurückfiel auf die unendlich sich hinziehenden Kirschbäume, die dort früher blühten als irgendwo sonst.

Im Sommer erweiterten sie ihre Kreise bis in den Rheingau, über dessen Kunst- und Kulturgeschichte er arbeitete, und sie zeigte ihm die Burg in der Rhön. Unsere Räume waren fast leer, aber meine Mutter hatte sie noch nicht aufgeben wollen. Da stand der Eßtisch in der Nische neben dem Glockenturm und die Couch, auf der Claire die Nacht mit ihrem Liebhaber verbracht hatte, bevor er der Liebhaber meiner Mutter wurde. Auf dem Dachboden unter dem Taubenschlag die letzten Überbleibsel meiner Kindheit, mein Bett, in dem bald mein eigenes Kind liegen würde, und ein Schuhkarton mit einem kleinen goldenen Puppengeschirr.

Im Herbst gingen sie zu den Ausstellungseröffnungen der Darmstädter Sezession, deren Mitglied er war, oder in die neue Kunsthalle und danach in den Schloßkeller, wo er seine Freunde traf: in die Jahre gekommene Existenzialisten, deren eigentliche Heimat Südfrankreich zu sein schien. Dennoch kehrten sie immer zurück an den Ort von Georg Büchner und Ernst Elias Niebergall, dessen *Datterich* sie alle auswendig hersagen konnten.

Es war noch ungewiß, wo sich der Konservator und meine Mutter niederlassen würden. Zwischen der Bergkette und dem hessischen Ried schrieben sie sich Briefe, denen er Gedichte beifügte, entstanden vor Jahren und berauscht vom Versmaß Gottfried Benns. Bald aber spürte sie, daß sein Leben im Ried verankert war, während sie nirgendwo tiefe Wurzeln geschlagen hatte und jeden neuen Lebensabschnitt begann, ohne zurückzublicken.

Zu Weihnachten 1963 bat er meinen Bruder und mich um ihre Hand.

## XXI

Als ich das erste Mal kam, konnte ich das seit dem Krieg noch immer mit Tarnfarbe gestrichene Haus nicht finden. Endlos zogen sich die Furchen der Spargelfelder bis an einen dunklen Punkt am Horizont. Erst beim Näherkommen sah man, daß es sich um Natursteinpfosten zwischen einem Lattenzaun handelte, die das Anwesen von weitem markieren. Zum Haus, durch Büsche und Bäume verdeckt, führt eine Pergola, die an der Eingangstür mit einer kleinen, gußeisernen Klopfhand endet.

Hitler hatte bereits die Macht ergriffen, als der Konservator, der letzte Mann meiner Mutter, das Stück Land kaufte. Er wollte zurückgezogen leben, in der Nähe seines Freundes Ernst Kreuder, der unweit in einem Mühltal seine weltabgewandten und zugleich hellsichtigen Kurzgeschichten und Romane schrieb. Das Erbe hatte sich zu Beginn der dreißiger Jahre nahezu in Luft aufgelöst. Es gab noch ein paar tausend Reichsmark, die zum größten Teil für die Errichtung der zehn kleineren Natursteinpfosten mit Schieferaufsatz und der beiden großen, rechts und links der Gartentür, aufgebraucht wurden. Die Pfosten beschreiben eine höfliche Grenzziehung, mit der der letzte Mann meiner Mutter seine undurchschaubare Welt hinter dem Zaun vor Zudringlichkeit schützte. Sie geben dem Anwesen die Fassung für ein Leben, das ohne diesen Rahmen vielleicht vor aller Augen in seine Einzelteile zerfallen wäre.

Das Haus öffnet sich über eine Terrasse zum Garten hin. Im Parterre ein großer Raum mit Treppe in den ersten Stock, ein Arbeitszimmer voller Bücher, überhaupt Bücher und Bilder in jedem freien Winkel. Oben eine Galerie, an die eine Reihe kleinerer Zimmer und ein größerer Eckraum anschließt, der das Zimmer meiner Mutter wurde. Ein wenig entfernt ein Gartenhaus, das Hüttchen genannt. Ich weiß nicht, wann ihr letzter Mann sein kontemplatives Gelehrtenleben aufgab und eine Stellung annahm, die er fünfzehn Jahre beibehielt, um bald nachdem er meine Mutter geheiratet hatte, in Pension zu gehen. Nun saß er wieder an seinem Schreibtisch im Arbeitszimmer mit Blick in den Garten und machte Notizen für Artikel oder Vorträge, die er stets frei hielt. Manchmal sah man ihn durchs Fenster mit geschlossenen Augen dasitzen. Aus der Allmacht des Gegenwärtigen zog er sich in das Labyrinth seiner Gedankenwelt zurück. Doch vielleicht schlief er auch nur. Wenn er wieder auftauchte, setzte er ohne Übergang seine Arbeit über die Kulturgeschichte des Knotens oder den Rheingau fort. Oder er beschäftigte sich mit einem Buch, in dem eine Comicfigur des zwanzigsten Jahrhunderts ins Venedig des achtzehnten Jahrhunderts gerät, nach dem Glück sucht, aber durch eine Stadt des Verfalls taumelt. Er entschlüsselte die Symbole und Zeichen der Geschichte, die voller Anspielungen auf Freud, die Kabbala, Alchimie, Lewis Carroll, Canaletto, Longhi, Dürer und E.T.A. Hoffmann steckt.

Das Anwesen am Rand der Spargelfelder hatte keine Zentralheizung, der Keller war feucht, das Dach undicht, und von den Wänden blätterte die Tarnfarbe. Das Bad hatte Zementboden, die Waschmaschine keine Schleuder. Meine Mutter nahm die Renovierung in Angriff. Eine Heizung wurde eingebaut, das Bad gekachelt und das Dach neu gedeckt. Das Haus wurde weiß gestrichen, die Fensterrahmen rot, die Läden grün. Im ersten Stock richtete sie ein Schlafzimmer mit einem breiten Ehebett ein, was sie spießig fand und das es im Leben mit meinem Vater nicht gegeben hatte. Bei der Auswahl der Tapeten erfüllte sich der letzte Mann meiner Mutter Träume, denen er angeblich seit seiner Kindheit nachhing: Griechische Amphoren im Schlafzimmer, Jagdszenen im Badezimmer und Biedermeierstreifen im Wohnzimmer. Am Rand des Spargelfeldes kamen fliegende Händler vorbei, und sie ließ sich zum Kauf eines Perserteppichs verleiten, obwohl sie Perserteppiche nicht mochte. Aber als die Ware auf dem Boden ausgerollt war, hatte ihr letzter Mann »enorm« gesagt, wie immer, wenn ihm sein spontanes »toll« oder »großartig« nicht über die Lippen kam – etwa bei Bildern und Skulpturen, die er insgeheim schlecht fand. Meine Mutter aber hielt auch den Teppich für einen langgehegten Wunsch, verzichtete seinetwillen auf gekalkte Wände, verabschiedete sich von der Neuen Sachlichkeit und verschenkte bis auf wenige Dinge das, was von den Möbeln meines Vaters noch übrig war. Sie fand das Wohnzimmer jetzt weniger fußkalt, sagte »mein Mann« und war glücklich.

Im neu angeschafften Opel Coupé mit überlangem Kofferraum reisten sie nach Südfrankreich an den Mont Ségur, lasen Bücher über die Katharer und verbrachten die Sommerferien auf einem Zeltplatz am Meer, wo er im Lotussitz am Strand saß. Die Locken meiner Mutter waren einer glatten Ponyfrisur gewichen. Bei Ausstellungseröffnungen trug sie jetzt das »kleine Schwarze« mit einer Perlenkette, die er ihr geschenkt hatte. Sie sagte »wir« und sagte es auch dann noch, wenn es eigentlich ein »ich« war und er innerlich abwesend blieb, verschwunden in seine Welt, in die sie ihm nicht folgen konnte. Ihre Gedankenwege waren anders, zielgerichtet, während er sich verlor. Immer schon war er zugleich hier und an einem anderen Ort gewesen. Eine Weile schien er noch an dem, was gesagt wurde, teilzunehmen, dann wandte er seinen Blick dem Garten zu, versank hinter schweren Lidern, und ich bin mir nicht sicher, ob er die Hand meiner Mutter, die sich auf seinen Arm legte, überhaupt noch bemerkte. Sein Untertauchen hatte nichts Abweisendes. Er wich einfach aus, verschwand in seiner inneren Landschaft, durchwanderte verzweigte, unbegrenzte Räume, und wenn er zurückkehrte, fand er den Anschluß mit einem verbindenden Wort, als ob er gar nicht fort gewesen wäre.

Seine Gegenwart hatte keine klare Form wie die meiner Mutter. Sie war voller geheimnisvoller Fäden, verknüpft mit dem, was war, und dem, was sein könnte. Er sah keine Konturen, keine Schärfen, weder in der Wirklichkeit noch durch das Objektiv seiner Plattenkamera, auf der er alljährlich zu Weihnachten versuchte, uns zu einer Familie zu vereinen, mit seinen erwachsenen Kindern, von denen zwei, ein Sohn und eine Tochter, noch im Haus und im Gartenhüttchen lebten. So lange er auch unter dem schwarzen Tuch hantierte – was dabei herauskam, war unscharf und verwischt. Als wäre die Zeit schon darüber hinweggegangen, und die abgelichteten Gestalten schickten sich bereits an, den Rahmen wieder zu verlassen, in dem er sie für einen Augenblick hatte festhalten wollen. Er sah seine Kinder mit einem Blick, der von weit her kam oder weit weg führte. Er sah sie sehr klein und schaute über sie hinweg oder so groß, daß er sie nicht überblicken konnte, niemals aber, so schien es mir, in Augenhöhe. Es fehlte die Nähe. Er wollte nicht wirklich wissen, was in seinem Sohn vor sich ging, der in seinem Elternhaus Zuflucht suchte vor dem Leben jenseits des von Natursteinpfosten gestützten Zauns.

Der Sohn verschlang ein Buch nach dem anderen und schrieb Gedichte, bis er schließlich zur Bundeswehr ging, weil er sich dort vor den Fragen nach dem Sinn seines Lebens unbehelligt glaubte. Als ihn aber doch eines Tages die Sinnfrage einholte, begann er Befehle zu verweigern, wich nicht mehr ab von dem ersten, eher aus einer Laune heraus gesagten »Nein« und setzte damit eine Maschinerie in Gang, die ihn vom Kerker bei Wasser und Brot, wo er die ganze Bibel las, bis ins örtliche Gefängnis kurz vor der Autobahn brachte. Vier Wochen teilte er sich die Zelle mit einem Roßtäuscher aus dem Odenwald, der alten Pferden und Kühen die Zähne mit einer Raspel geputzt, das Fell gewaschen und gestriegelt, die Hufe poliert und die Tiere auf einem Viehmarkt als jung verkauft hatte. Das Geschäft flog auf, als eine Ziege, frisch geweißt und mit gestutztem Bart, sogleich ihren Platz im Stall wiederfand, aus dem er sie zuvor mit vergilbtem Fell billig erstanden hatte.

Während der letzte Mann meiner Mutter, wenn er jetzt Richtung Autobahn fuhr, sich beim Blick aufs Gefängnis den Roßtäuscher bei der Arbeit vorstellte, ging sie zum Polizeirevier und sprach von Lebensweg, Chance und Zukunft. Zurück kam sie mit einem makellosen Führungszeugnis, und die Spuren des Aufbegehrens, das ich wenig später als Revolte gewertet hätte, waren getilgt.

# XXII

Vor den Beamten hatte sie »mein Sohn« gesagt. »Meine Tochter« wäre ihr nie über die Lippen gekommen, wenn sie von der Tochter ihres letzten Mannes sprach, die aus dem Hüttchen im Garten nicht weichen wollte. Nach dem Tod der ersten Frau hatte sie ihr Studium abgebrochen und die Familie versorgt. Der Verzicht hatte ihr Macht gegeben, gegründet auf den Schuldgefühlen ihres Vaters. Jetzt aber nahm meine Mutter den Platz an seiner Seite ein, und ihr blieb nichts als das Festhalten an einem Besitzstand, der ihr streitig gemacht wurde. Meine Mutter aber, die imstande war, die meisten Menschen für sich zu gewinnen, scheiterte an der Tochter, und so scheiterte sie an dem Bild, das sie von sich selbst hatte. Sie geriet in einen Zustand des Zweifels, der sie mehr erschöpfte als alles andere und in dem ihr Mann sie allein ließ. Wenn es um seine Tochter ging, war er in die Enge getrieben und verfiel in Schweigen, undurchdringlich und unbarmherzig. Als der Sohn und auch die Tochter nach langem Zögern Haus und Garten verlassen hatten, blieben nur noch wenige Jahre für das Leben, das sie sich mit ihrem letzten Mann vorgestellt hatte: zwei, drei Reisen mit dem überlangen Auto durch mediterrane

Länder. Die Krankheit, bereits in ihr lauernd, veränderte alles.

Nach Rom, wo ich mit meinem kleinen Sohn und einem neuen Gefährten nach dem Scheitern meiner Ehe einen langen Sommer verbrachte, kamen sie mit dem Zug. Als sie an der Stazione Termini ausstiegen, trug der letzte Mann meiner Mutter statt des Huts eine helle Leinenmütze, und meine Mutter hatte Perlen an den Ohren. Wir teilten uns eine Wohnung in der Nähe der Villa Massimo, die ich mit einem römischen Sozialisten gegen meine getauscht hatte, kochten abwechselnd, verbrachten Tage am Meer, streiften durch die Gärten der Borghese, gingen zu den Gräbern von Keats und Shelley, kauften an der Porta Portese alte Tretautos, Wipproller und einen kleinen Pferdewagen, die wir auf dem Dachgepäckträger nach Berlin in unseren ersten Kinderladen brachten. Es war der Sommer 1968, die Ruhe vor dem Sturm. Auf den Fotos und Acht-Millimeter-Filmen jener Wochen scheint das Leben ein heiteres Spiel.

In dem trockenen heißen Klima machte sich die Krankheit meiner Mutter nicht bemerkbar. Ich wünschte, sie wäre dort geblieben, erst während der Ferien und dann für immer.

Niemand begreift das Geheimnis, das einen Menschen antreibt, seinen Weg zu gehen, als ob es nur den einen und keinen anderen gäbe. So kehrte sie zurück ins hessische Ried, wo die Feuchtigkeit in ihre entzündeten Glieder kroch, fortschreitend, schmerzhaft und unheilbar. Aber auch jetzt blickte meine Mutter nicht in die Vergangenheit, als noch alles möglich war – sowenig wie sie sich vorstellte, was auf sie zukommen könnte. Indem sie ihrem jeden Tag mühevoller werdenden Leben Normalität abforderte, schaffte sie sich eine neue Zeitrechnung. Sie begann jetzt und endete irgendwann.

Jetzt kam sie noch einmal mit ihrem Mann nach Berlin. In unserer Wohnung, einer Fabriketage, wo sein Hut zwischen Parkas und Palästinensertüchern am Haken hing, konnte sie noch von den niedrigen Betten aufstehen, wenn er ihr die Hand reichte. Irgendwann schrieb sie in der Schule mit der linken Hand, bis auch diese sich, wie die rechte zusammenfaltete, ähnlich einer absterbenden Blüte oder dem Fuß eines Vogels im Flug.

Der letzte Mann meiner Mutter begegnete der fortschreitenden Zerstörung mit der Anschaffung von Elektrogeräten: einem Rührgerät für den Stollenteig, einem elektrischen Dosenöffner, einer Brotschneidemaschine, einem Mixstab mit einem Aufsatz für Schlagsahne und einem elektrisches Messerschleifgerät. Für eine Spülmaschine reichte der Platz in der kleinen Küche nicht aus. Auch die Brotschneidemaschine paßte nirgendwohin, und so zeichnete er wieder drei Kreuze auf den Laib, bevor er ihn an seine Brust drückte und mit einem kleinen spitzen Messer die Rinde umfuhr. Der elektrisch geknetete Stollenteig schmeckte anders. Der Dosenöffner machte meiner Mutter angst, wie im Grunde alle Elektrogeräte. Bald konnten ihre Finger den Schalter am Mixstab nicht mehr bedienen. So versuchte sie weiter, die Sahne mit der Gabel zu schlagen und die Messer am Tellerrand zu wetzen, wie sie es immer getan hatte. Aber sie schaffte auch das nicht mehr.

Jetzt war ihr der Weg von ihrer Klasse ins Lehrerzimmer zu beschwerlich, und irgendwann wurde die Treppe zu ihrem Zimmer eine unüberwindbare Hürde. Wieder warf sie Ballast ab und verschenkte das meiste von dem, was sie besaß. Am Ende waren es eine Handvoll Bügel, die ihre letzten Kleider trugen. Eine Haushälterin zog in ihr Zimmer und tat das, was sie nicht mehr konnte. Noch immer aber blieb das Gartenhäuschen eine Zuflucht für Durchreisende zur Frankfurter Buchmesse und solche, die in Not waren und länger blieben, wie meine Freundin, die sich das Leben hatte nehmen wollen. An Sommernachmittagen saßen meine Mutter und ihr letzter Mann auf der Terrasse und schauten, wie sich der Schatten über den Garten legte. Sie sahen den Vögeln an der Tränke zu, und wenn sie einen vermißten, waren sie beunruhigt. Meine Mutter ließ ihre verformten Hände durch das Fell der Katze auf ihrem Schoß gleiten. Sie saßen draußen, bis die Feuchtigkeit aus der Wiese stieg. Vor der Übermacht ihrer Schmerzen zuweilen in seine Gedanken ausweichend, war ihr letzter Mann dennoch bei ihr, während sie, immer zarter werdend, den Zustand der Welt nicht mehr ertrug. Kein Spott mehr und keine Ironie. Auch die Ereignisse meines Lebens machten sie krank. Unsere utopisch gesellschaftlichen Vorstellungen, denen sie zu Beginn noch folgen wollte, hatten zu Gewalt und Gefängnis geführt, auch für meinen Gefährten und mich. Das, was man uns vorwarf, hätten wir vielleicht tun können, aber wir hatten es nicht getan. Die Konsequenzen, die wir nach mehreren Wochen Haft zogen, ließen unsere Wege schließlich auseinandergehen. Ich wollte weiter mit meinem Kind leben und brachte ein Jahr in einem quälenden Entscheidungsprozeß zu, über den ich mit niemandem sprach. Mein Gefährte konnte die Wehrlosigkeit, die wir erfahren hatten, nicht ertragen und entfloh der Staatsgewalt mit falschen Papieren in die geschlossene Gedankenwelt eines politisch formulierten Untergrunds, wo er wenige Jahre später den Tod fand. Sein Rückzug war nicht abrupt, sondern in kleinen, nicht mehr umkehrbaren Schritten vor sich gegangen, und irgendwann hatte sich die Trennlinie zwischen uns abgezeichnet. Dennoch führten Spuren von seiner nicht mehr legalen Existenz zu mir. Meine Mutter wußte nichts von meinen Balanceakten. Als aber eines Tages eine als Bücherpaket getarnte Sendung bei ihr eintraf, die ich sie gebeten hatte unbesehen in den Keller zu stellen, tat sie etwas, was sie noch nie getan hatte. Sie öffnete, einem plötzlichen Instinkt folgend, das Paket und begriff, an welcher Schwelle ich mich befand. Bei Dunkelheit fuhr sie mit ihrem letzten Mann zum Altrhein und ließ mehrere Waffen aus dem Karton, ein Stück nach dem anderen, von einer Brücke in den Fluß fallen.

Die Bücher, die sie jetzt las, ließ sie in schmale Teile

zerschneiden, um sie noch halten zu können. Es waren Bücher, in denen sich Hoffnung auftat, Bücher über das Leben Jesu aus dem Blickwinkel seines menschlichen, nicht göttlichen Daseins. Sie las die Lebensberichte südamerikanischer Armenpriester und immer wieder Montaigne. Ihr letzter Mann kam ohne die Hoffnung aus, mit der sie ihre Angst zu besiegen suchte, und beugte sich über *Zettels Traum* von Arno Schmidt. Er wollte nichts verändern. Er war Konservator und wollte betrachten und dabei erleben, wie sich seine inneren Bilder über die äußeren legten.

1980, als meine Mutter kaum noch gehen konnte, ließ sie sich operieren. Erst das eine Knie, dann das andere, und danach sollte ein von den Medikamenten zerstörter Halswirbel mit einem Knochenteil aus ihrem Bein verstärkt werden. Bevor sie in die Klinik ging, wollte sie noch einmal zurück auf die Burg und die Weiten jener Landschaft wiedersehen, die sie mehr als jede andere geprägt hatte. Sie sagte nicht »ein letztes Mal«, aber sie wußte, daß es so war.

# XXIII

Meine Mutter unternahm ihre letzte Reise gegen den Willen ihres Mannes. Dennoch stand er am Zaun und winkte, bis ich das Auto vorsichtig über die eingefahrenen Rillen des Wegs gelenkt hatte. Seit er von der Gefahr weiß, steht ihm der Schweiß auf der Stirn, wenn er mit ihr zum Einkaufen fährt. Ein Halswirbel, haben die Ärzte gesagt, sei so porös, daß eine starke Erschütterung das Ende oder – was vielleicht noch schlimmer wäre – eine Lähmung bedeuten könne. Ich habe eine Verantwortung übernommen, die ich eigentlich nicht tragen kann. Nichts darf geschehen, kein heftiger Ruck, kein Schlagloch, kein hartes Bremsen, während sie neben mir sitzt, klein, zerbrechlich, mit einem Ring aus Schaumstoff um den Hals, der sie im Ernstfall nicht schützen wird. Wir meiden die Autobahn, umfahren Darmstadt und Frankfurt und gleiten sanft auf kleineren Straßen entlang, bis die Gegend hügelig und vertraut wird. Am Flußlauf der Kinzig steigt keine Erinnerung in ihr auf, als hätte es das Landhaus und den reichen alten Mann nie gegeben. Auch der Wunderheiler scheint vergessen, als wir am Arcisbrunnen einen Eiskaffee trinken und am Hang die von einem Anbau verlängerte ehemalige Baracke liegen sehen. Das Hinweisschild zum Hofgut des Fliegers nimmt sie nicht wahr, weil sie in die andere Richtung zu den Resten der Burg des Raubritters schaut. Die immer noch grau geschindelte frühere Praxis des Hausarztes bleibt links liegen. Nur die an niemanden gerichtete Frage: »Ob er wohl noch lebt?« Sie ist schon verflogen, als von der Anhöhe aus die Burg in ihren Blick kommt. Ich weiß nicht, ob sie an der kleinen Bahnstation, wo heute kein Zug mehr hält, an den Mann denkt, der hier vor Jahrzehnten mit Claire an einem Winterabend ausstieg. Bei der steilen Abfahrt ins Tal hält sie sich ängstlich fest. Die Burg liegt da wie immer, gestützt von den drei mächtigen Pfeilern. Einzig die ewig dunkle Spur des Spülwassers unter dem Küchenfenster erinnert daran, daß wir hier einmal zu Hause waren.

An der Weggabelung, wo der Name meines Vaters eingraviert ist, will sie nicht anhalten. Wir fahren um das Dorf herum und nehmen die Straße, die ins Bayrische führt. Dort denkt sie an ihn, hier auf der Höhe von Kochs Fichten, die zerzaust und schon immer wie absterbend das Bild eines Motorrads festhalten, das einmal aus dem Nichts auftauchte und sie forttrug. Und doch schaut sie nicht zurück. Woran sie denkt, ist für Augenblicke gegenwärtig. Zugleich nimmt sie Abschied, läßt das, was sie hier erlebt hat, in der Landschaft zurück – bei den Sieben Buchen, am Bach, wo die Brunnenkresse wächst, die Trollblume, das Knabenkraut, die Märzenbecher, der Seidelbast und die Akelei. Zugleich will sie Zeit gewinnen, noch einen Versuch machen, noch eine Weile in der fernen Nähe zu ihrem letzten Mann leben, so lange es eben geht.

Als wir zum Dorf zurückfahren und in die Schloßgasse einbiegen, starren die wenigen Bauern, die vor ihren Häusern stehen, auf die kleine, weißhaarige Frau. Wie lange war sie nicht hier? Als nur die Hände schmerzten, nur der Arm, bei einer bestimmten Bewegung? Als sie noch laufen konnte? Langsam fahren wir an Gestalten vorbei, die nicht ahnen, daß etwas, was sie niemals an sich selbst wahrnehmen, sie auch nach Jahren zu erkennen gibt – eine Bewegung beim Fegen vor der Haustür, oder wie sie ihre Hände an der Schürze abwischen, vom Bauch aus nach beiden Seiten hin oder abwärts. Meine Mutter nennt sie leise beim Namen, Spitznamen, Hofnamen. Sie schauen uns nach. Vielleicht rätseln sie über die Lippenbewegungen hinter der Scheibe, an denen ihnen etwas vertraut vorkommt. Aber sie wissen nicht, was. Anhalten will sie auch hier nicht. Das große Hoftor ist geschlossen. Es dauert lange, bis sie das kleine Stück Wegs vom neu angelegten Parkplatz durch die schmale Seitenpforte bis unter unser Fenster gegangen ist, wo noch immer der Rotdornbaum blüht. Gegenüber stehen jetzt Tische und Bänke. In der Waschküche werden Eintrittskarten für die Ruine, Postkarten und Würstchen verkauft. Auf den oberen der zweiunddreißig Stufen der Kellertreppe sind Scherben und Kacheln drapiert, die bei Ausgrabungen gefunden wurden. Wo der Webstuhl meiner Mutter gestanden hatte, werden Duschkabinen für Jugendgruppen eingebaut. Aller Efeu ist von der Ruine verschwunden. Die Risse im Gemäuer sind verputzt. Meine Mutter schafft es bis zum Altan. Ihre Haare sind feucht vor Anstrengung. Die Hand zittert am Griff des Stocks. Sie ist nur Auge, den Flußlauf entlang bis in jene verhangenen Weiten, aus denen sie damals Hoffnung schöpfte wie vielleicht auch jetzt.

Dann ging sie in die Klinik. Sie rechnete damit, aus dem Tunnel, wie sie die lange Narkose empfand, nicht mehr aufzutauchen. Zu warten aber und ihren Körper weiter absterben zu sehen war für sie keine Wahl. Als sie wieder aufwachte, lag sie in einem Bett aus Gips. Drei Wochen schaute sie unbeweglich an die Decke und trieb in einer mehr und mehr schwindenden Wirklichkeit wie in einer Schale auf ihre Anfänge zu. Sie entfloh dem Krankenzimmer, glitt auf dem Fluß ihres Lebens rückwärts und landete als kleines Mädchen im Garten ihrer Tante in Kleve am Niederrhein. Die Flucht aus dem Krankenhaus hielt sie listig geheim, vertraute sich nur ihrem Mann an, der sie begleitete, mit ihr floh und mit ihr zurückkehrte, rechtzeitig zum Abendessen, ohne daß jemand etwas bemerkt hätte.

Danach richtete sie sich wieder auf in einem Hemd aus Gips. Acht Monate trug sie eine kiloschwere Last. Als sie herausgeschält wurde, war ihre Gestalt darunter nahezu verschwunden. So schwer das Hemd auch gewesen war, es hatte sie geschützt, weil es eine Hoffnung auf den Zustand danach gab. Jetzt war dieser Zustand erreicht, die Halswirbel waren gefestigt. Aber das Herz bewältigte die Anstrengung nicht mehr und war daran, aufzugeben.

*Zeit muß enden* von Aldous Huxley war das letzte Buch, das meine Mutter las. So sei es gewesen, das Sterben, sagte sie, als man sie noch einmal zurückgeholt hatte. Sie sei durch ihr ganzes Leben geeilt. Glasklare Augenblicke, deutlich vernehmbare Worte, die ihr in der Wirklichkeit gänzlich entfallen waren, wechselten ab mit Zuständen der Schwerelosigkeit, ohne genaue Bilder und Formen, ein Taumel in absolute Stille und Dunkelheit hinein, wo sie sich aufzulösen schien und, wie sie sagte, von einer großen Last befreit war.

## XXIV

Drei- oder viermal noch bin ich im Haus des letzten Mannes meiner Mutter gewesen. Am Abend ihres Todes, als man sie schon fortgetragen hatte, sah ich ihn durch die Terrassentür allein am Tisch sitzen, das Gesicht dem nachtschwarzen Garten zugewandt, in dem er mich nicht bemerkte. Er wartete. Neben ihm stand das Mahagonikästchen mit ihrem Schmuck, das er für mich bereitgestellt hatte. Er saß in Gedanken, die Augen hinter Lidern, die sich nur wenig öffneten und keinen Schmerz preisgaben. Ein weiches, weltabgewandtes Gesicht, berührt, aber nicht gezeichnet vom gerade erlittenen Verlust in einem von schwachem Schein erhellten Raum.

Alle dachten, er würde ihr nachfolgen. Während meine Mutter gefürchtet hatte, ihn allein zu lassen, war er vorbereitet auf das Alleinsein, das für ihn nicht Einsamkeit bedeutete. In seinen häufigen inneren Abwesenheiten hatte er sich angewöhnt, andere Menschen nur bis an die Peripherie des Seins einzulassen, selbst, wenn sie ihm nahestanden. Dem letzten Abschnitt seines Lebens begegnete er mit unerwarteter Klarheit. Er suchte sich eine neue Haushälterin, die mit ihrem Mann bei ihm einzog.

Als ich ihn im ersten Frühjahr nach dem Tod meiner Mutter überraschend besuchen wollte, sah ich bereits vom Rand der Spargelfelder eine lange Reihe alter Citroëns neben dem Zaun auf dem Feldweg stehen. Wie es meine Gewohnheit war, umrundete ich das Haus, um die Hintertür zu benutzen. Auf der Terrasse saßen fremde Leute, die keinerlei Notiz von mir nahmen. Eher schienen sie mich dem Anlaß einzureihen, der sie selbst hierhergeführt hatte. Ab und zu erhob sich einer von ihnen, ging durch die offene Tür hinein oder auch um das Haus herum zu den aufgestellten Autos, kam nach einer Weile zurück und verschwand im Wohnzimmer. Dort saßen die Fremden auf dem Biedermeiersofa und den Sesseln, die ich vor mehr als einem Jahrzehnt hierhergebracht hatte, weil sie damals nicht in mein Leben paßten. Eine Frau in meinem Alter mit sehr langen, zu einem Zopf geflochtenen Haaren, die den Überblick zu haben schien – vielleicht die neue Haushälterin – dirigierte diesen oder jenen die Treppe zur Galerie hoch und von dort ins Zimmer meiner Mutter. Ich schloß mich an und stand schließlich mit den anderen Fremden um ihren alten Schreibtisch herum, an dem ein dicker Mann in verschwitztem Unterhemd Plastikhüllen mit Autopapieren hin- und herschob. Als ich den letzten Mann meiner Mutter nicht fand, der jetzt seine kurzen Briefe mit den Worten »Dein Stiefvater« unterschrieb, verließ ich den Ort unbemerkt.

Bei meinen seltenen Besuchen erlebte ich die Veränderung seines Lebens wie im Zeitraffer. Am Telefon schien alles wie immer, wenn er sich in dem Vorraum zwischen Eingangstür und Wohnzimmer mal mit dem einen, mal mit dem anderen Ellenbogen auf die Kommode stützte und mit lauter werdender Stimme in den alten schwarzen Hörer hinein seine zunehmende Schwerhörigkeit übertönte. Das meiste von dem, was ich am anderen Ende sagte, verstand er nicht. Dennoch griff er sich virtuos und blitzschnell einzelne Wörter heraus, an denen er seine Version des Gesprächs aufhing und in die ihn interessierende Richtung lenkte. Dabei förderte er, durch Negieren unverstandener Wörter oder ganzer Satzteile, eine Auswahl des von mir Gesagten zutage, die stets das Positive von Ereignissen oder Sichtweisen aufleuchten ließ. In dem Maß, in dem ich davon abließ, zu wiederholen und richtigzustellen, vollbrachte er das Kunstwerk, die Dinge so zurechtzulegen, wie sie für ihn und endlich auch für mich am schönsten waren.

Das zweite Mal kam ich im August. Auf dem Weg, der von der Pergola um das Haus herum führte, standen zwei alte Kühlschränke und mehrere Autoreifen. Die niedrigen eintürigen Kirschbaumschränke in der Küche, die beiden allerletzten Dinge, die noch Zeugnis von meinem Vater ablegten und die er derart entworfen hatte, daß man sie gekippt als Truhen benutzen konnte, waren weiß gestrichen. Niemals würde man die Farbe zwischen den Fugen des polierten Holzes wieder entfernen können.

Der letzte Mann meiner Mutter war inzwischen über achtzig und saß mit nacktem Oberkörper unter dem grün-weißen Blätterschirm seines exotischen Lieblingsbaums, den er selbst gepflanzt hatte. Für das Foto, das letzte das ich von ihm machte, nahm er die Leinenmütze ab. Am Abend, als es Zeit für mich wurde, zu gehen, zog er sein Hemd über, setzte die Mütze wieder auf, nestelte aus seiner Hosentasche einen winzigen Schlüssel hervor und öffnete ein Vorhängeschlößchen an der sonst nie verschlossenen Garagentür. Langsam stieß er die beiden Flügel auf und legte den Blick frei auf einen Wagen, bei dem ich nicht wußte, ob es sich um einen Sportwagen handelte, der als Limousine verkleidet war, oder umgekehrt.

Das Auto stand auf dem Platz, der jahrelang von dem überlangen Opel Coupé eingenommen worden war, dem vermutlich häßlichsten, je im nahen Rüsselsheim gebauten Modell. Die Marke Opel hatte sich für ihn als Bewohner des hessischen Rieds zu einer Art Glaubenbekenntnis entwickelt. Gekauft wurde an der örtlichen Tankstelle bei der adeligen Besitzerin zu überhöhtem Preis. Jetzt öffnete der letzte Mann meiner Mutter die Tür eines dunkelgrünen Citroën Maserati und deutete auf einen Tachometer, der im holzgefertigten Armaturenbrett eine Zahl jenseits der Zweihundert aufwies. Dann sank er tief in die weichen Sitze hinein, schob die Leinenmütze zurück und legte die Hände aufs Lenkrad. In Höhe seiner Augen, gestützt von alten Autoreifen, senkte der einmal von meinem Sohn aus Packpapier ausgeschnittene Christus am Kreuz den Kopf, neben ihm die beiden Schächer. An eingerissenen Stellen unter den Achselhöhlen rollte sich das

Papier, aber noch hielten die Nägel Hände und Füße am Holz fest. Meine Mutter und ihr letzter Mann hatten die Kreuze auch dann nicht wegwerfen wollen, als die religiöse Phase meines Sohnes nach den Sommerferien vorüber war. Vom Kalvarienberg, den er im Garten neben der Vogeltränke errichtet hatte, auf der am Abend ihre Augen ruhten, hatten sie die drei Kreuze aus ihrer Blickachse weg auf den Komposthaufen getragen, wo sie in der Erde Halt fanden. Irgendwann, als sie vom Regen aufzuweichen drohten, waren sie in der Garage gelandet, und immer, wenn das überlange Coupé an die Autoreifen gestoßen war, hatten sich die drei Gestalten leise raschelnd bewegt.

# XXV

Es kamen jetzt andere Besucher als früher ins Haus, Menschen, die sich für die Autos interessierten, die der Mann der Haushälterin zum Verkauf am Rand der Spargelfelder aufreihte. Ich weiß nicht, ob die alten Freunde wegblieben, weil sie nicht in das neue Leben paßten, oder ob der letzte Mann meiner Mutter mehr Vergnügen darin fand, im Citroën Maserati zu ihnen gefahren zu werden. Die Haushälterin und ihr Mann brachten ihn überallhin, warteten, bis er seine Besuche beendet hatte, und holten ihn wieder ab. Er war jetzt in Bewegung. Er reiste wieder. Er saß auf dem Rücksitz, hydropneumatisch gefedert im weichen Polster, hinter ihm ein Wohnwagen an der Anhängerkupplung auf dem Weg nach Bayreuth, übernachtete auf einem Campingplatz und erschien am Abend mit seinen Begleitern im Festspielhaus. Oder er reiste nach Paris, um Ersatzteile für den aufwendigen Wagen zu holen.

Nach Berlin fuhren sie die Nacht durch. Statt des Wohnwagens hatten sie einen Anhänger angekuppelt, in dem sich das Pferd einer Nichte befand. Die Nichte war, wie in einer Illustrierten berichtet, mit dem Pferd von den Shetland-Inseln bis nach London gezogen, hatte nach

Frankreich übergesetzt, Holland durchquert und Deutschland erreicht. Da der Ritt durch die damals noch existierende Deutsche Demokratische Republik untersagt war, wurde das Tier jetzt vom Citroën Maserati durch den Transit gezogen. Außer dem Pferd wurde noch ein junger Hase mitgeführt, der nicht alleine zurückbleiben sollte. Er verbrachte die Fahrt in einem Korb auf dem Rücksitz, beruhigt von einer Hand auf seinem Fell. Die Haushälterin hatte ein Essen vorbereitet, das sie gegen Morgen in der Wohnung meines Bruders aufwärmte. Bevor sie am gleichen Abend wieder zurückfuhren, erschien der letzte Mann meiner Mutter in Hut und Mantel bei mir zum Tee.

An diesem Nachmittag sah ich ihn das letzte Mal. Er verabschiedete sich aus meinem Leben mit der gleichen liebenswürdigen Unnahbarkeit, die sein Erscheinen vor über zwanzig Jahren begleitet hatte. Es war spürbar, daß er auf der Schwelle stand. Auf seinen lang eingeübten Fluchten hatte er sich mit dem Sein jenseits der Dinge vertraut gemacht. Im Unterschied zu früher, wenn seine Abwesenheiten die Züge eines Sekunden währenden Schlafs annahmen, begab er sich jetzt, geleitet durch seine gegenwärtige Lektüre über den Zauberer Merlin hellwach in die Gesellschaft von Geistern, wo er auch, wie er mir erzählte, meine Mutter wiederfand. Es sei gut, wenn er ihre Anwesenheit spüre. Sie sei da, neben ihm schaue sie in den Garten, und manchmal sitze sie morgens, wenn er aufwache, an seinem Bett. Vielleicht, dachte ich mir an diesem letzten Nachmittag, hatte er nur die Seiten getauscht, und die, in die er zuvor auswich, war jetzt seine eigentliche Heimstatt geworden, aus der er manchmal wie ein Gast zurückkehrte – in die allmählich im Chaos versinkende Wirklichkeit, was ihn aber gleichgültig ließ.

In dieser Zeit schrieb er sein Testament nieder. Es war ein Dokument von karger Poesie. Die wenigen Sätze waren in Druckschrift geschrieben, und man sah, daß seine Hand gezittert hatte. Er schrieb nicht von beweglicher Habe, sondern von Fahrnis, nicht von seinem Grundstück, sondern davon, was aus dem Flecken Erde im Lauf seines Lebens geworden war: ein Garten. Er hatte ihn angelegt vor fünfzig Jahren, mit Myrten, Feigenbäumen und einer dunkelgrünen Pyramideneibe. Mit der Zeit waren Räume entstanden, die ineinander übergingen, strukturiert von Holzkübeln in verblichenem Grün und Rosa. Darin Agaven, Agapantus und Oleander, aufgezogen aus Setzlingen und abends gegossen aus einer sehr kleinen Gießkanne in zahllosen Wegen zum Wasserhahn, jede einzeln und im Gespräch.

Die Gerüchte, die im letzten Jahr seines Lebens zu mir drangen, sprachen von überzogenen Konten und aufgenommenen Hypotheken. Dann hörte ich von drohender Unterbringung im Alters- oder Pflegeheim und schließlich von Entmündigungsversuchen. Als ich im Juli 1987 noch einmal in das Haus am Rand der Spargelfelder fuhr, traf ich niemanden an. Die alten Autos reihten sich noch immer am Zaun entlang. Hinter der Gartentür fletschte ein Schäferhund die Zähne. Ich zog an der Glocke, bis ein einsilbiger Junge den Hund an die Leine nahm. Die Garage war leer. Das kleine Vorhängeschloß baumelte am Tor. Der Junge wußte nicht zu sagen, wohin der letzte Mann meiner Mutter gefahren worden war, und kehrte zu den ausgebauten Motoren zurück, die zwischen den Kühlschränken im Garten herumlagen. Es war ein warmer Sommertag. Alle Türen des Hauses standen offen. Weithin tönte ein Radio aus der Küche. Das Frühstücksgeschirr mit den blauen Landschaftsbildern stapelte sich auf dem Tisch mit Resten von Lachs und falschem Kaviar. Darauf hatten sich Fliegen versammelt, die letzten Boten aus der Unterwelt – wie er es sah. Vom Wohnzimmer schrie ein Papagei gegen das Radio an. Ich zögerte, hineinzugehen, setzte mich an den Küchentisch und riß einen Zettel aus meinem Notizbuch, um eine Nachricht zu hinterlassen. Zwischen Wetterbericht und gekrächzten Wortfetzen fiel mir nichts ein, was ich hätte schreiben sollen. So schrieb ich nichts und schaute statt dessen in die weißgestrichenen Schränke, wo ich hinter Bergen von Medikamenten einen Flakon aus geschliffenem Kristall fand, den ich meiner Mutter einmal geschenkt hatte. Als ich den Stöpsel öffnete, verströmte ein letzter, auf dem Grund angetrockneter Rest von Arpège einen Duft von fast unerträglicher Süße. Ich steckte den Flakon in meine Tasche und dachte, daß ich nicht noch einmal hätte kommen sollen.

Während der nächsten zwei, drei Wochen gingen mir

die Bilder des Verfalls nicht aus dem Kopf. Ende August läutete das Telefon. Der letzte Mann meiner Mutter war tot. Er war noch nicht unter der Erde, als sein jüngster Sohn Hand anlegte an den Baum, unter dessen Blätterschirm ich ihn das letzte Mal fotografiert hatte. Als ich kam, war nichts mehr da, nicht einmal ein Stumpf, nur ein Flecken aufgeworfener Erde, aus der selbst die Wurzel gerodet war.

Das Haus füllte sich mit Menschen, die ich noch nie gesehen hatte. Sie waren durch den neu erstandenen Autohandel mit ihm in Berührung gekommen, an dem er, so stellte ich mir vor, auf seine Weise beteiligt gewesen war. Im entscheidenden Moment, wird er sich zu den Interessenten am Zaun gesellt und »großartig« oder »toll« gesagt und dabei seine Leinenmütze hin und her geschoben haben. Manchmal aber wird auch das Wort »enorm« gefallen sein, dessen insgeheim mißbilligende Bedeutung allen am Handel Beteiligten jedoch verborgen blieb.

Ich weiß nicht, ob der schwarze Basketballspieler, der spät die gußeiserne Klopfhand auf die Eingangstür fallen ließ, ebenfalls zu den neuen Autofreunden zählte oder welcher Art die Beziehung zwischen ihm und dem letzten Mann meiner Mutter gewesen war. Ich sah nur, daß er weinte. Er hatte sich bücken müssen, um einzutreten. Er trug kurze, seidig glänzende Sporthosen und ein Hemd mit dem Aufdruck einer amerikanischen Universität. Als er sich wieder aufrichtete, streifte er mit seinen zur Bürste geschnittenen, gelversteiften Haaren so dicht an der

Decke des Wohnzimmers, daß ich glaubte, ein leises, wischendes Geräusch zu hören. Da kam mir ein lang zurückliegender Augenblick in Erinnerung, als ich den letzten Mann meiner Mutter allein neben dem Plattenspieler hatte sitzen sehen, während er der kehligen Stimme der schwarzen Rocksängerin Grace Jones lauschte. Die Plattenhülle in seiner Hand hatte eine archaische, androgyne Schönheit gezeigt, deren Haare einen hohen, ebenholzfarbenen Block auf dem gemeißelt strengen Kopf bildeten.

Am Abend nahm ich die Erstausgabe von Hans Henny Jahnns *Perrudja* an mich und setzte damit ein Gespräch fort, das vor langer Zeit begonnen hatte. Es war um einen Satz aus den ersten zwanzig Seiten des Buches gegangen. Perrudja weint, hatte es an der Stelle geheißen, weil er die Dummheit aller Wünsche und Taten begreift. Dann brachte der Mann der Haushälterin seine Frisur mit Wasser und Kamm in Form, hängte an den Citroën Maserati einen am Zaun geparkten Citroën Kombi an und fuhr im Netzunterhemd zum Bahnhof. Als ich ausstieg, nahmen die beiden Autos die gesamte Breite der Eingangsfront ein. Auf einem weitläufigen Parkplatz koppelte er den angehängten Wagen ab, um den nächsten zu holen und den Weg vor dem Haus für den Tag der Beerdigung freizuräumen.

Der letzte Mann meiner Mutter lag im Nadelstreifenanzug im Sarg. Die Haushälterin und ihr Mann hatten ihn aufs sorgfältigste ankleiden lassen, so wie er in Bayreuth im Festspielhaus erschienen war. In ihrer Gegenwart büßten zwar Haus und Garten viel von ihrer einstigen Schönheit ein. Aber zwischen dem herumliegenden Schrott, den Kühlschränken, den Motoren und den von ihnen nicht zu bewältigenden Überresten des Alltags hatte er in menschlicher Wärme und innerer Freiheit gelebt. Niemand hatte ihn an seinen geheimen Grenzübertritten gehindert, und möglicherweise waren seine Abwesenheiten nicht einmal bemerkt worden. Vielleicht, dachte ich mir, war diese letzte die ihm am meisten entsprechende Zeit seines Lebens gewesen, von dem er, wie mir jetzt klar wurde, einen großen Teil in Tarnung zugebracht hatte.

Die Haushälterin und ihr Mann verließen das Haus in knapp bemessener Frist. Danach wurde das Erbe in alle Winde verstreut – anders, als er es in seinem letzten Wunsch niedergelegt hatte. Manchmal taucht dieses oder jenes bei einem Antiquar auf, eine Zeichnung aus seinem Besitz oder ein Buch, das ihm gewidmet ist. Zurück blieb der marmorne Kopf eines Römers, der auf einer Säule im Wohnzimmer mit leicht zur Seite geneigtem Blick stummer Zeuge eines wie stets unerklärlichen Lebens gewesen war. Heute schaut er von einem verzinkten Industrieregal auf die Arbeitsutensilien meines Sohnes – auf eine Lupe, eine Schere, Tesafilm, Bleistifte, Kontaktbögen von Negativen, mehrere Objektive für eine Nikon, eine Polaroidkamera und einen Stapel Drehbücher, manche mit Skizzen einzelner Einstellungen versehen.

An das Grab ging ich nur noch einmal. Unter dem in

Marmor eingravierten Namen meiner Mutter fand ich damals nichts als den Vornamen ihres letzten Mannes, drei Buchstaben, schief angeklebt.

Insel Verlag Anton Kippenberg GmbH & Co. KG
Torstraße 44, 10119 Berlin
info@insel-verlag.de
www.insel-verlag.de